com o
corpo
inteiro

COM O CORPO INTEIRO

LUCILA LOSITO MANTOVANI

Aos meus pais,
meu todo

Para Fernando,
com amor

"Fechamos o corpo
como quem fecha um livro
por já sabê-lo de cor.
Fechando o corpo
como quem fecha um livro
em língua desconhecida
e desconhecido o corpo
desconhecemos tudo."
PAULO LEMINSKI

É que não sei de mim.
Corpo de terra.
HILDA HILST

E, no entanto
o amor é simples.
VIRGINIA WOOLF

AO APRENDER A FORMULAR FRASES, ENFIEI A CABEÇA POR ENTRE as pernas dele e, olhando firme nos seus olhos, perguntei: *pai, o que é cu?* Ele gargalhou. Acha engraçadas as minhas perguntas. No primeiro desenho que fiz da família os homens tinham cabeças gigantes, e as mulheres, peitos enormes. Não sobrou espaço para as partes baixas: pés, pernas ou aquele rabo animal que carregamos ao final da coluna. Fui entender só depois que o ânus é uma espécie de pai do corpo. Instinto e sobrevivência. Fechamos e abrimos este orifício conforme lidamos com nossos medos. Será que você vai gostar de mim se souber quem eu sou de verdade e por inteiro? Será que eu mesma vou? Por que quando nos apaixonamos mostramos as coisas boas e escondemos o que não gostamos? Se é do chão que se brota, não deveria ser assim também com pessoas e romances? Não queria ter que usar as mãos para suprir a falta dos pés. Tampouco entrar com os pés ausentes na quina da porta como fez minha testa na infância, cultivando cicatrizes. Meus ouvidos maduros caem para junto da terra. Deixo que respire o barro de que somos feitos. Não consigo lembrar quando nos afastamos, mas nunca deixei de ouvir a força da gravidade me chamando. Num dos pés, escravos. Noutro, gravatas. Numa perna, índios. Noutra resquícios. Engatinhar para a origem é criar pés para frente. Ser adubo e ser semente.

DURANTE TODA A TRAVESSIA, ME POSICIONEI EM FRENTE À CABINE de segurança, após o sinal que dizia "não atravesse". O Estreito de Gibraltar deixava enfim de ser um desenho num mapa de história, sem cheiro ou afeto. Me encolhi ali, entre África e Europa, me sentindo tão cindida quanto elas. Nas gotas d'água que respingavam no vidro da balsa, via espermatozoides e óvulos se repelirem como sentia os opostos dentro do meu corpo, refletindo as brigas entre meus pais, e não o orgasmo que os teria unido. O trauma sofrido pela célula-mãe ao fazer a meiose foi sendo trazido, por gerações, para o encontro que deu origem ao embrião desta história. O invasor e a autossabotagem de um lado. A incapacidade de tomar forma e impor limites ao outro. Pedaços de quem somos, submergidos há milhares de anos como as lendárias Atlântida e Hy-Brazil, naufragadas logo abaixo dos meus pés. Se ilhas da fantasia já influenciavam Colombo antes mesmo de ele chegar ao Brasil, não são como o milagre econômico, que de fato nunca existiu? Ou que, se existiu, foi em simultâneo com os anos de chumbo? Não são como o casamento romantizado dos meus pais? Outros tantos corpos e histórias foram jogados ao mar entre África e Brasil. O que de fato ficou submerso? Se a vida humana começou na África e todos os continentes formavam uma massa una de terra, para que servem as cisões? As águas unem ou separam as terras? Meu desejo de transitar pelo mundo sem me preocupar com linhas imaginárias, como fazem os pássaros e os rios, me aproximava de Paco, sempre driblando portos, alfândegas e imigrações. Talvez por isso tenha me atraído. Ainda assim, olhava para ele dormindo profundo, a passos de onde estava, e só conseguia ver o mar de saliva que separava nossas diferentes línguas portuguesas enquanto a gente se beijava.

UM TETO TODO SEU SERIA SUFICIENTE PARA UMA MULHER ESCREVER ficção? Enjoada como se grávida, mas ao invés de transbordando vida, me sentindo claustrofóbica, assino o contrato cheio de números 33. O apartamento é antigo, porém charmoso. Tem algo de gruta, casca, casulo. Sem varandas, verde ou escadas em caracol. Fechado, introspectivo e um pouco frio, talvez como os homens que o projetaram e o construíram. Sonhos recorrentes fecham portas na minha cara, mas a profundidade da vida está afundada com precisão na palma da minha mão. É ali no fundo das minhas linhas que encontro a força de uma montanha ao avesso. Apesar do choque das minhas placas tectônicas, me levanto para dentro e sem que ninguém perceba me torno um vão cada vez mais estável e arredondado. Percebo mulheres fazendo movimentos parecidos através da escrita. Encontro minhas irmãs literárias, mas nossas bisavós seguem enterradas em aldeias, hospícios, conventos e senzalas. No fundo e no topo, eu sempre soube. Este livro seria o início de uma longa descida. Precisaria cavar, aumentar a vazão. Tomar corpo e seguir rumo ao mar. Viria do chão e não do teto. Silêncio para sentir, espaço para deixar o corpo falar.

DEIXAMOS PORTUGAL E ESPANHA DO OUTRO LADO DA TRAVESSIA, mas os chiados e diminutivos aplicados por Paco às palavras e os lampejos quentes e impulsivos na forma como eram entoadas mostravam que os dois países seguiriam conosco. Eles pulsavam no sangue ibérico que corria nas veias de Paco. Saímos da balsa com as janelas do jipe escancaradas. Vento no rosto e música bem alta, uma forma de romantizar a barreira entre nós. Dois mundos. Os dois mudos. Pisar em continente africano foi acessar um aconchego estranho. Havia algo de familiar no cheiro das mulheres com quem cruzei no porto. Meu cóccix latejava. Tânger é uma cidade que mistura templos muçulmanos e construções ultramodernas em torno de uma baía nada convidativa. A rápida passagem por ela, Meknès e Rabat foi roubada pela altitude de Chefchaouen, um mergulho numa piscina turva para driblar o calor e um passeio impaciente pelos corredores minúsculos da cidade azul. Presa ao redor do pescoço e no meio das costas, a regata que vesti depois do banho me pareceu perfeita para acobertar a fissura no centro do peito. Passamos ali uma noite e partimos logo cedo por mais quilômetros de estradas empoeiradas e desertos até chegarmos a Marrakesh. Uma cidade em terraços, e outra no chão. Eu, em algum lugar entre esses dois níveis, caminhava fascinada por estampas, cores e sons. As mulheres estavam sempre cobertas por lenços e burcas, enquanto os homens usavam camisas abertas, falavam alto e olhavam para minhas pernas como se eu não estivesse ali. Como se eu fosse deles. Como se eu fosse um pedaço de mármore a ser esculpido de acordo com suas necessidades. Como se, a qualquer momento, pudesse ser vendida como um cacareco na praça central. Preocupada com alguns músculos a menos na coxa e gorduras a mais na cintura, me percebi tão moldada por convenções externas quanto as marroquinas. Paco percebia a euforia e a repulsa que eu estampava no rosto, mas não dizia nada. Eu me identificava com seus mamilos atrofiados, sobressalentes na camisa fina e branca. Que serventia teriam para os homens? Pareciam me dizer algo sobre a empatia que lhes faltava. Ainda na praça, parada em frente a uma loja de espelhos, tentei arrancar com os dedos em pinça um incômodo pelo preto encravado no queixo: a ponta de um iceberg. Quando haveria nascido o primeiro intruso, que se repete por gerações? Talvez tenha surgido na minha bisavó, que deixou de ser parteira porque médicos se formavam ginecologistas. Ou na primeira de nós que foi colocada numa posição passiva ao dar a luz.

De volta ao hotel, ao engolir hormônios que meu corpo esqueceu como equilibrar de forma natural, tive certeza de que aquele pelo preto nascia no meu rosto como cupinzeiros surgiam nos pastos e pragas nas plantações. Estavam ali para marcar um território, reagindo às ameaças contra minha natureza. O mesmo gesto que transformou florestas em pastos e a agricultura de subsistência em monocultura de exportação fez de nossos corpos máquinas voltadas para a acumulação do capital e não para o fenômeno vida. Os cupinzeiros que aparecem nos pastos são, a um só tempo, sinal da inanição do solo por ter perdido a floresta e reação da terra buscando retomar sua biodiversidade. As pragas nas plantações são sinais da debilidade da plantação e também da natureza retomando a vida. Durante o banho turco, mulheres volumosas esfregavam meu corpo com força, felizes com o espaço que ocupam os delas. Depois jogaram baldes de água fria na minha cabeça fazendo restar um farelo de pele morta no chão. Segui rumo à praça e antes de voltar ao hotel comprei uma lupa. Era preciso desatar o nós pela raiz.

QUANDO MEUS PAIS SE CASARAM, MINHA MÃE FOI DIAGNOSTICADA com a síndrome do ovário policístico que eu herdaria. Um desequilíbrio entre os hormônios femininos e masculinos que foi determinado, na época, como impossibilidade de engravidar. Meu pai a tranquilizou dizendo que adotariam se fosse preciso. Ela costurava as próprias roupas porque não encontrava nada original o bastante já pronto. Estava noiva de outro homem nas férias em que conheceu meu pai em Águas de Lindoia. A paixão foi tão arrebatadora que teve certeza de que se casaria com ele. Diziam que foi pela boca dela que meu pai se atraiu, mas sei que foi também pelo estilo. O amor que circulava entre eles era tão verdadeiro quanto a vontade dela de ser mãe. Talvez tenha sido essa combinação que fez com que minha mãe engravidasse de nós quatro seguidamente e com intervalos mínimos, curando seus ovários. Formou-se em pedagogia, profissão muito comum entre mulheres, mas, no caso dela, garante, escolhida por paixão, como a própria maternidade, ainda que se admita exausta em fazer as coisas pensando sempre nos outros, sem ser reconhecida. Ao ceder seus tecidos e abrir seu corpo para que o meu pudesse passar, me apresentou um amor tão sublime, que não é de mensurar. No dia anterior comeu muito e estava tão radiante, nem ligou seguir faminta. Me instruiu: *já pode nascer!* E eu, eufórica, rompi sua bolsa com outras fomes pela manhã. Mas se nascer é ter corpo, sinto que ainda não tinha. Estranhei seu peito farto de penugem loira. Disse sim ao suco de laranja espremida por Filó, uma mulher negra que ajudava minha mãe nos cuidados com a casa e os filhos. Cindida ao meio como as laranjas cortadas para suco, encontrei nesse corpo diferente do meu o aconchego para o meu lado selvagem que manifestava sua indignação com o mundo através de bronquites e sinusites, crônicas e agudas. Quatro irmãos-homens, e eu, mulher. Bonecas, vestidos e papéis de carta. Alvo fácil para zombarias e brincadeiras de mão, expressão usada pelos meus pais para as nossas brigas na infância. *Aprenda a se defender, filha!*, um dia minha mãe me disse. Então deixei as unhas, e agora este livro, crescer: um espaço branco e neutro onde posso me expressar sem precisar me encaixar para pertencer. Onde posso amar meus cotovelos e joelhos, dúvidas e ausências adolescentes. A sede de toque, o ventre. Vazios. A alegria que transparecia nas fotos do álbum que minha mãe não conseguiu organizar no tempo e da forma que meu pai queria. Suas camisas de médico que reluziam como seus valores, de tão brancos. *Lábios vaginais bem formados e ancas boas para parir*, afirmou sobre mim, ao olhar o primeiro ultrassom que fiz na vida e examinar minha genitália, meses antes de fazer as malas. Paco não foi o primeiro a partir, mas também não fui a primeira a transformá-lo num personagem.

CONHECI PACO NUMA REUNIÃO COM OUTROS PROFISSIONAIS DA cultura. Um de cada lado de uma grande mesa de vidro. Discordamos logo sobre o rumo que deveria ser dado a um projeto. Paco já devia morar no Brasil há alguns meses, a julgar pelas gírias. Numa viagem paralela à reunião, embarquei nos acentos que conseguia identificar em sua fala – um sotaque lisboeta com algo de espanhol e angolano. Seus punhos um pouco quebrados lhe davam um ar feminino que me fascinava. Não chegamos a conversar diretamente nesse dia, mas aquele chiado tomou conta dos meus ouvidos, e hoje, ao escrever sobre ele, organizo meus neurônios e sinapses sonoras para criar seus itinerários. Transformo sons em experiências, fragmentos de memórias em capítulos, frases em fantasias e novas imagens – revejo os fios usados para tecer sua camisa branca. Os mesmos que usei para fabricar a do meu pai, durante a infância. Imaginei e depois cortei a cena em que Paco passa fome por opção em Guiné-Bissau. A viagem a Kampala, em que foi preso por engano durante vinte e quatro horas. A ida a Luanda, em que dorme abraçado a um cachorro na rua. Em continente africano, retornando para o sentido musical da língua. Em Gwanda, usando palavras soltas sem se aprofundar em suas histórias. Em luto contínuo pela morte da mãe, tentando matar a língua materna. Modificando-se por inteiro a cada viagem e, ao mesmo tempo, mantendo-se impenetrável. Roendo o que restava das unhas numa reunião de trabalho em São Paulo ao olhar para mim. Só não estrangeiro neste livro, que nasceu para abrigá-lo. Cada vez mais estrangeiro neste livro, que nasceu para acolher o vazio que eu o havia incumbido de preencher, sem sequer o consultar. Que nasceu para que eu pudesse tomar o meu corpo de volta e ocupar, com ele, o meu lugar.

AGORA SOMOS SÓ NÓS: EU E O ZELADOR. CANOS ENTUPIDOS, PÓ, poeira e passado. Meu peito já chia como quando pequena. Prevejo tosses e noites em claro. Levo a infância comigo pelos corredores junto a dois sacos de entulho. Portões grandes e verdes. Almofadas floridas e o aquário ao lado da televisão. Brinco de escalar com a memória, deixando rastros de meus pés sujos nas paredes. Dentro de sonhos, aérea pelo corredor, vejo a cozinha de madeira. A cama de casal, dura e escura, onde amanhecíamos todos juntos. Risadas coletivas e banhos de esguicho. Aventuras nos terrenos baldios. Os meus pés pequenos sobre os do meu pai e os passeios agarrada na cintura dele. Os mergulhos abraçada ao pescoço de minha mãe. As festas de aniversário no sítio, em que também participavam galinhas e patos. Os piqueniques com toalha xadrez e cesta de vime. Depois os corpos interrompidos de quem nos tornaríamos, abandonados junto com a casa. As noites que minha mãe passava em claro, e o telefone que tocava quase toda a madrugada. Os atendimentos médicos que levavam meu pai com cada vez mais frequência para longe de casa. Pesadelos e brigas. Deitada no sofá de couro da sala, finjo que durmo esperando por ele. Seu corpo quente, dentro da camisa branca. Calores na nuca antecediam o pânico quando percebia que meu pai não mais chegaria. Que Paco também não voltaria. Toca o interfone, é o zelador. Digo que não vou alugar a garagem. Quem vai pagar a conta pelo vazamento? Continuo sentindo, em cima de mim, os tijolos.

NOS ENCONTRAMOS PELA SEGUNDA VEZ NA ABERTURA DE UMA
exposição. Passamos a noite rindo do fato irônico de tantos portugueses estarem vindo ao Brasil em busca de emprego. Nossos amigos em comum já haviam partido quando Paco me pegou pela mão e nos encostou numa mureta ao lado do bar. Os beijos que começaram ali foram seguidos por uma batida de carro e sexo. Eu sei que quem beijava era eu, mas a saliva dele fazia o meu corpo ferver. As janelas abertas do seu apartamento ventavam quente. Abracei com minhas pernas magras seu dorso firme e Paco me carregou direto para o quarto. Na próxima cena, já sem roupas de cima, eram tomados peitos e pescoço. Nenhum pensamento. Apenas desejo. Foi quando me jogou na cama e sumiu por dois minutos, suficientes para que eu visse as roupas femininas que estavam no armário aberto. Colares. Perfume. Maconha e um molesquine de anotações sobre a mesa. A minha vontade era fugir. Eu havia me apaixonado pelo seu jeito de falar e pelos cabelos bagunçados e precocemente grisalhos que tinha visto somente uma vez. Ao voltar para o quarto, retomou de onde havia parado, dessa vez deslizando as mãos molhadas sobre meu corpo, ignorando minhas tentativas de fuga. Era como se uma onda gigantesca estivesse me levando. Seguida de mais uma. E depois outra. Uma respiração acontecia em segundos, enquanto a próxima onda vinha me buscar. Pedi para parar. Mas ele continuava. Foi quando outra onda me levou ao fundo escuro do desconhecido. Senti um prazer raro. Não permitido. Amedrontado, mas verdadeiro. Bati os pés no chão e num impulso exausto voltei à superfície da cama. Estávamos juntos e abraçados. Paco precisava do meu corpo para respirar. Ao menos, era o que o abraço dele me dizia. Dormimos um sono profundo, interrompido pela campainha. O apartamento era de uma, e outra chegava com malas na mão. Ele se despediu de mim com um beijo na boca. Nem sequer deixei meu telefone. Assim foi a nossa primeira última vez.

SENTADA NO CHÃO DA SALA DO APARTAMENTO, ESTOU RODEADA por livros, malas e caixas de mudança. Objetos fora de lugar, tempo e significado. Na primeira foto, encontro Filó com um lenço florido amarrando os cabelos. Ela me tem no colo e ao nosso lado está sua irmã, Mia, com outra criança nos braços. Eu tenho no máximo quatro anos. Vestido listrado, cabelos loiros, olhos grandes e curiosos. Com uma das mãos abraço seu pescoço, com a outra, acaricio a criança negra que se encolhe no colo ao lado. Fotografias podem exalar cheiro? Ternura e textura confirmam tanto minhas dúvidas quanto as certezas. Fui nutrida não só pelas comidas que minha mãe ensinou Filó como preparar, mas pelo pano de prato com que, por vergonha, cobria a boca ao falar. As vassouras e as faxinas às quartas-feiras. Seu colo, mãos e corpo preto, sempre a meu serviço. Quarto dos fundos, marido epiléptico, um casal de filhos. Com os olhos úmidos, junto meus pedaços para sair do apartamento: a saudade, a foto, a bolsa e o guarda-chuva que sempre me esqueço de levar. Ao chegar no sebo da esquina, abro um livro ao acaso e deparo com a foto de uma menina branca no colo da escrava negra, sua ama de leite. Então o gosto doce de Filó, me chamando de princesa, como costumava fazer meu pai, se junta a um cheiro ácido de aceitar não pertencer. Como conjugar afeto e culpa? É possível separar a inocência da lembrança da hipocrisia da história? Raízes, cabelos e tempo se esparramam.

PACO VEIO AO MUNDO E QUASE NÃO VEIO. SUA MÃE, MARTA, ERA pintora e vivia em Lisboa. Se apaixonou e engravidou de um catalão que não foi avisado da existência do bebê. Por horas contemplava uma tela virgem ancorada na parede. A falta de cores reforçava sua dúvida. Deitada na maca, na semana seguinte, tinha uma perna apoiada nos conselhos da mãe, a outra chutando o mundo na direção contrária. A anestesia começava a fazer efeito. As injeções para o aborto estavam prontas na bandeja ao lado da cama. Se sentindo opaca, tentou se expelir pela própria vagina. Lembrou do pênis, do pai, da criança. Sentiu raiva. Envolto em sua placenta, Paco era apenas dor. Personagem em formação. E ela estava pronta para borrar a tela. As calças. Para arrancá-lo de dentro. Apagar o passado. Morreu por um segundo. Não se julgou mas repensou seu posicionamento. Desconcertada, surtou. Achou sentir um pontapé. Resolveu fugir. Sentiu o tempo. Milésimos. Segundos. Se imaginou mãe de novo, avó. Se perguntou sobre o tipo de mãe e filha que vinha sendo. Sentiu culpa. Ele suplicou. Ela ouviu. Lutou contra os efeitos da anestesia. Paco aprendeu a urgir. E a fugir. Viveram infância e maternidade sem muito respeitar limites e hierarquias. E logo depois, adolescência e doença, como se fossem uma única coisa. Paco tinha apenas dezessete quando o câncer foi encontrado nela. Não entendia ou aceitava. Rejeitava e amava as flores que ela usava no cabelo. Suas roupas indianas. Passavam-se noites, dias, drogas. Culpa. Solidão. Embalado, falava com ela, mas mentia para si mesmo, negando a própria raiva. Lembrava de suas bochechas, apertava as minhas. Se escondia. Tentava mantê-la viva. O antes e o depois. Sem nunca tocar no assunto. Sofria demasiado. Humano, não mais. Fotografava. Rasgava, amassava. Seguia seus conselhos à risca. *Minha câmera agora é sua*, foi a última coisa que Marta disse a Paco antes de partir.

O PAI DA MINHA MÃE MORREU QUANDO ELA ERA AINDA MENINA. Começou a dar aulas muito cedo para ajudar a pagar as contas da casa. Minha avó não gostava que ela seguisse trabalhando tanto depois de casada. Assim como algumas pessoas dizem que só são estupradas "mulheres que se insinuam", ao julgamento de alguns parentes minha mãe havia "perdido o marido" porque trabalhava demais. Mas hoje sabemos que pessoas se separam quando acaba seu ciclo juntas ou porque existe um problema que é de ambas: muitas vezes o próprio diálogo que, em guarani, por exemplo, é o mesmo que amor. Para tomar coragem para se divorciar de minha mãe, meu pai precisou ressaltar as fraquezas dela. Depois foi minha mãe que, para conseguir esquecê-lo, precisou focar nas sombras dele. A separação coincidia com minha transição para a adolescência, momento em que os pais passam de heróis a humanos, e eu me tornava uma mulher. Escrevo este capítulo com o computador sobre as coxas, recém-chegada de uma ida ao laboratório. Desconfio que as lágrimas que escorreram pelo meu rosto durante o exame não tinham sido apenas por conta do frio que senti enquanto uma espátula era manuseada por entre minhas pernas. Coloquei os calcanhares nos ferros e afastei as pernas. Sentia cólicas finas. Enquanto era esterilizada e raspada por dentro, via meu útero pelo monitor. Um órgão que se debatia. Parado. Amorfo. Quase invisível. Minha mãe na sala ao lado estava na mesma posição, só que oposta. Teve quatro filhos, dos quais eu sou uma, mas de novo está com o útero cheio, desta vez de miomas. Dará à luz o órgão que me abrigou e, portanto, pude sentir por dentro, com o lado de fora do corpo. Sinto crescer o espaço que sobra em mim, enquanto nela falta de tanto ter sido usado. Como podem se equilibrar um corpo feminino que teme dar à luz e outro viciado em se doar? Cúmplices e desconhecidas, amigas e inimigas, nos separando e nos unindo, de uma forma nova, diferente mas parecida. Cá estamos de novo juntas, mas agora adultas, como da primeira vez que saímos uma da outra. Renascer é entregar o corpo a outra vida.

RETENÇÃO E IMPULSO, MEDO E DESEJO. EIS OS DOIS ASPECTOS contraditórios que movem o corpo na dança. Eu completava 33 anos. Saímos de casa para comemorar numa das raras vezes em que Paco resolveu me acompanhar a um lugar que pudesse ter mais que cinco pessoas. Ele se sentou um pouco emburrado num canto e apenas observou enquanto eu ocupava o centro da pista cercada de amigos. Dançar talvez fosse o que eu fazia de melhor e de mais genuíno. Quando o corpo ia numa direção acreditando num sentido eu o capturava e o confundia, me autossabotando por diversão, me perdendo em todas as possíveis dimensões. Não era preciso tomar decisão alguma. Deixava o som empurrar e reter minhas partes despedaçadas e misturadas serem qualquer coisa e não serem nada. *Então és bailarina?*, me perguntou Paco já no táxi, com um tom ácido, um pouco bêbado, abraçando meu corpo suado. Respondi rindo que não, mas que minha mãe bem queria que eu fosse. *Presta atenção no que você disse agora*, falou seco e direto, se afastando de mim e depois complementando, *ela pode ter sonhado com isso e não ter realizado, o que é totalmente diferente. Aliás, foi ela que perdeu o pai num acidente de carro, o seu ainda vive. Foi dela que seu pai se separou, não de você. Talvez ela mesma tenha tido mil motivos para deixá-lo mas não o fez, deixando-se de lado como agora você está fazendo também. Se gosta tanto de dançar, cantar ou escrever, por exemplo, por que não faz nada disso a sério? Por que vibra tanto ao produzir artistas e não usa a própria voz? Que tens a dizer ao mundo? Veio a passeio?*

ME CARREGO PARA DENTRO DO APARTAMENTO, MOFADO E empoeirado e, num colchão no chão, adormeço pelada. É minha primeira noite no 33 e minha mãe está sendo operada. Dentro de um sonho, encontro o sexo dela (e não o meu) entre minhas pernas. Algo se rompe e um líquido escorre. Paredes mudam de direção. Quartos se abrem em salas, cozinhas. E nenhuma é minha. Banheiros se multiplicam. Há gemidos pelos corredores. Em labirintos apertados, somente portas fechadas. Sinto a cama molhada. Delírio? Febre? Me pego suando frio. Sentindo medo de perdê-la. Querendo parar de escrever. Procurando pela nossa casa. Minhas mãos se fecham, os punhos buscam as axilas. Me contorço numa espiral e não me movo até um cano antigo dar vazão ao som de um banho matutino, pássaros e carros. São sons novos para mim, mas ao menos são reais. Me troco e corro ao hospital. Invado o quarto onde minha mãe descansa depois da cirurgia um feixe de luz que penetra por uma pequena janela sobre suas bochechas coradas. Deixo ir seu útero e tudo que por fidelidade e amor carreguei com ela. Medos miragem. Devolvo os que são seus. Agradeço a ela e tomo os meus. Agora cuido eu.

DEITADA NO CAIXÃO, COM FLORES BRANCAS NA MÃO E AO REDOR DO corpo, não mais nos cabelos negros. Entendo por que Paco não quis ver a mãe naquele dia. Entendo também por que ela não quis mais ver o próprio dia. O tumor a devastou por inteiro. Sinto um frio possuir meu nariz e as pontas das orelhas, entre os fios de cabelo fino. Descrevo esta cena do futuro. Ele não tem mais que dezoito anos. A família não parece grande e não há muitos amigos. Os poucos conhecidos o esperam no velório, mas ele não aparece. Ela mesma não estava mais lá. A sua boca fechada artificialmente já não era mais sua, enquanto a minha, aberta na garganta, não consegue mais ficar fechada. Sua pele flácida e enrugada gemia em silêncio em algum outro lugar, não ali nos corredores do hospital, onde horas antes já não se lembrava do filho. Sua voz rouca o chamando de pai repercutia na sala enorme da infância que crescia enquanto ia se desenrolando a linha espiralada do tempo. Bordados. Entrelaçados. Todos nós. Sozinhos, ainda que vizinhos, quando perto da morte. Paco, a câmera e a mochila, pendurados um no outro. Passaportes, labirintos, sombras e reflexos à sua espera. Um bilhete de trem com destino único: outros ventos, outros ventres. Puro, indefeso e nocivo. Olhou para mim do fundo do poço e de cima da ponte daquela fotografia onde gostava de estar sozinho, procurando por sua mãe, e viu a lua brilhando lá embaixo, refletida. Reteve o choro e então encontrou uma nova posição dentro do ventre fúnebre dela. Pegou impulso e se empurrou para fora dela e para dentro de mim. Sem muita certeza de existir. Sem presença. Eu para cima. Eu pra baixo. Numa dança pneumática, ímpar, ainda sem núcleo, muito menos par.

FAZIA PARTE DO PROCESSO DE PREENCHER LACUNAS SOBRE SER classe média no Brasil fazer uma festa de debutante ou viajar para Orlando ao completar quinze anos. Eu tinha ido com minha família quando tinha sete. Ficou marcada na minha memória a perna perfeitamente peluda de um pirata que na verdade era um robô. Sempre adorei piratas, talvez por adotarem o mar como casa. Era um mundo fantástico de princesas e na época também gostava de me sentir uma. Usava as camisolas rendadas da minha avó e coroas improvisadas. Também rabos que nos faziam felinas. Hoje fico pasma quando penso na fixação que o brasileiro tem pelo americano. A segunda vez que fui à Disney, tinha quinze anos e meus pais estavam se divorciando. Minha avó me instruiu a gastar o dinheiro dele antes que ele gastasse com sua nova mulher. Não lembro quase nada da viagem. Me sentia muito mal em não poder mais confiar em meu próprio pai, mas comecei a perceber que entre a fantasia e a tragédia existia um gap. Um *glimpse* de uma felicidade possível e verdadeira. Mais do que me divertir com brinquedos e espetáculos que só reforçavam a minha cisão interna, me preocupava em entender como paravam em pé. Fugia do grupo para investigar as estruturas. De que adianta os Estados Unidos ser tão rico se na África pessoas seguem morrendo de fome? Líderes americanos seguem agredindo e silenciando camareiras e imigrantes africanas. Quem mais precisa parece ser sempre ainda mais explorado. Não estão presos na África, os nossos rabos? A possibilidade de resgatar a empatia e a animalidade perdidas na busca pelo que reluz? Saio de casa com uma lista em mãos. Galão de tinta, massa corrida, um saco de areia, esmalte e válvula americana. Vejo o apartamento de Paco do outro lado da rua. Passo pelo beco onde, agarrados, escondíamos nossas essências um do outro. A padaria onde comíamos vez ou outra durante a madrugada. A árvore que destrói cada vez mais o concreto e a calçada, avisando que não controlamos coisa alguma. Outra, como pode? As raízes aéreas no topo de um prédio. Seria a escolha certa? Permanecer no mesmo bairro? Paro em frente a um sebo em que me identifico com os espaços vazios, não com os livros. Em que balcão posso devolver a solidão e as palavras sem eco?

INÊS ERA LINDA, MORREU E, DEPOIS DE MORTA, VIROU UMA RAINHA. Aconteceu mais de um século antes de qualquer europeu avistar esta margem do Atlântico Sul. Dom Pedro I ia ser rei de Portugal quando se tomou de amores por uma dama vinda da corte de sua noiva. Aquela que "depois de ser morta foi rainha", imortalizada no Canto III dos *Lusíadas*, fundou uma história toda fora de regra. Essa história repercutiu como um eco no meu final de semana depois de um encontro frio com Paco. Foi a primeira vez que ele me cumprimentou somente com um beijo sem graça no rosto. Me senti uma defunta pálida. Costumava me chamar de linda. De repente, a linda está morta. Será que ainda vira uma rainha? Ou fugirá para uma tribo sem homens na Amazônia? Me fez pensar em Lindoia, a índia imortalizada no Canto IV da obra *Uruguai*, de Basílio da Gama, inspiração para o nome da minha cidade natal. Lindoia preferiu morrer a casar-se com o inimigo, negou a ele a legitimação de sua liderança no território que ocupavam. Aquela que foi encontrada morta dentro de uma gruta com uma cobra enrolada no corpo fundou o culto feminino da heroína indígena, uma espécie de anunciação a Iracema. Ainda assim, tanto Lindoia quanto Inês foram romantizadas e coadjuvantes de uma história contada sempre por homens, estes narradores não confiáveis. Paco tomou o resto do meu café, pegou a chave do carro das minhas mãos e dirigiu como nos velhos tempos, subindo pelas calçadas. Fomos para sua casa com uma garrafa de vinho e nos sentamos na mesa da sala, computadores lado a lado. Produzir suas exposições poderia me trazer algum dinheiro, mas me mantinha refém das migalhas de atenção que me daria, vinculadas a seus interesses profissionais e não aos meus. Uma forma de seguir confundindo utilidade e amor. Quando terminei a última taça de vinho, olhei para a rede ao lado da janela, para Paco que suava pela lateral do rosto, lembrei de Inês e de Lindoia, e decidi ir embora. Seus sussurros em meu ouvido e minhas mãos em seu dorso escorreram como as gotas de vinho escassas que sobraram nas nossas taças em cima da mesa da cozinha.

COMO DAR VOZ A PACO SE, AO CONTRÁRIO DO QUE PREGA, SUA VOZ insiste em calar a minha? O que pode exclamar que já o não tenha feito em vida, o personagem masculino que tento esculpir? Se você o conhecesse, diria que ele é a mais original das pessoas, mas sabe tanto o que quer sempre, e é tão imerso em seu próprio mundo sem tomar consciência alguma sobre ele, que mal percebe estar nas mãos do personagem que se tornou. Ao contrário de uma escultura que só falta andar ou falar, Paco trata diariamente de se petrificar. Se move paralisado. Viaja, fotografa, expõe, bebe, fuma, transa, come, dorme. Fala, fala, fala. Mas não morrerá por doença ou peste alguma. Capta imagens à sua volta mas se esconde da sua própria imagem, desviando de tudo que se mova no sentido oposto dos seus desejos e necessidades. O que fazemos com os artifícios que nos tornamos? Essas armaduras? *Homens não servem para o amor*, repetia sua avó, seguidas vezes. Sob que ossos se ergue a estrutura de nosso esqueleto?

PARA SE TORNAR PROFISSIONAL, FOI NECESSÁRIA UMA VIDA dedicada à arte de ser personagem. Paco tinha seis anos e ainda não conhecia o próprio pai. Diziam que os dois se pareciam muito. Heitor era impulsivo mas reservado, heranças de uma família bélica. Quando soube da gravidez de Marta, seu filho já tinha dois anos. Ela dificultou o quanto pode o encontro dos dois, mas, por insistência, finalmente se conheceriam. Paco esperava o pai do lado de fora da casa, com a mala ao lado. Sua mãe já havia avisado que não queria encontrar o catalão. Que preferia não ter que pronunciar nome de gente que não ajudava a pagar as contas da casa. Paco ficou lá por horas. O pai não chegava. Passou a hora do almoço, o lanche da tarde, a hora do jantar. Ele sentia fome mas preferia não sair dali, com medo de seu pai aparecer justo na hora, como acontece nos desenhos, filmes, enfim, na vida dos personagens. Marta estava pintando e não percebia o filho, que continuava na calçada. A lua estava alta no céu quando Paco voltou para dentro de casa chorando, buscando por Ludovico, seu irmão por parte de mãe. Marta o acudiu e juntos descobriram que seu pai havia sofrido um acidente fatal, ficando pelo caminho. Que desde então começa a chamar por Paco. A mãe o abraçou, mas ele não hesitou: limpou as lágrimas e saiu para brincar. *Não se perde algo que nunca se teve, se perde?* Ao entrar na adolescência, preferiu sempre se isolar. Passava horas no escuro revelando filmes e desejos que ele mesmo não sabia bem de onde vinham. Ludovico era cinco anos mais velho que ele, xodó da avó odiada por Paco, que se escondia no porão nos dias de suas visitas. Parecia saber sobre o aborto que afinal não houve, e sobre o cheque que ela havia deixado na cabeceira da cama da filha para esse fim. Marta falava alto no café da manhã e isso irritava Ludovico, assim como o barulho das janelas que rangiam com o vento. Refeições sempre substituídas por bolachas, salgadinhos, sanduíches e outras improvisações. Quando ela recebia homens em casa, Ludovico, enciumado, pensava em fugir. Paco entendia como o irmão se sentia, então, já adulto, o levava para comprar pó quando a crise batia.E bateria de novo, seguidas vezes, Paco já sabia. Até que as próprias botas batessem. Uma overdose de mortes e um casulo em forma de borboleta.

QUILÔMETROS ADENTRO, TUDO AINDA É MEMÓRIA. EM CADA CAIXA, álbum ou objeto, encontro um caminho distinto. Não tenho pressa em abri-las. Sei que eu mesma estou dentro de uma. Tenho em mãos um álbum de fotografias e numa imagem em preto e branco abraço meu primeiro namorado. Éramos os dois virgens e tínhamos algo como dezessete. Namorávamos há seis meses e já sabíamos, sem falar no assunto, o que aconteceria naquela noite. Eu começava a me despir. Ao lado da cama, jogada, já estava a camisa branca dele, um pouco amassada. A primeira penetração doeu um pouco, não as consecutivas, mas nem de perto foram tão prazerosas como as sensações do dia anterior. Sua língua deslizava como um lençol freático por baixo da terra, ainda que por cima da minha calcinha. Uma tábua de salvação a que eu me agarrava tentando juntar dentro de mim o que o mundo separava. Ele brincava com a palavra amor e eu metia nela asteriscos, rindo para esconder minha precoce incapacidade de confiar em mim, nele ou em você. Prego a foto numa abertura da parede, tijolos à mostra contornados por tinta vermelha envelhecida. Toda casca (mesmo as mais finas, como a pele) é feita de fragilidade e resistência.

DE TODOS OS TRABALHOS DE PACO, O QUE MAIS ME ATRAÍA ERA a fotografia de um ser que se contorcia. Uma dinâmica perversa de feminilidade e masculinidade, que me penetrava e me repelia. Uma imagem que fazia sexo consigo mesma. Não havia, ali, espaço para qualquer Outro. Num só corpo, todas as distorções: o agressor e a vítima. A pessoa na foto poderia ser eu, você ou o próprio Paco, mas era uma ex-namorada que ele teve assim que chegou ao Brasil. A cantora negra de presença marcante que ele trocou por mim. Na época da colonização do Brasil, as mulheres negras e indígenas com suas konas vivas e corpos livres eram usadas pelos europeus para transar. As brancas, dentro de vestidos e etiquetas, serviam aos homens para promover status, casar e ter filhos. Para depois serem traídas ou trocadas pelas mulheres boas para transar. E vice-versa. Paco deixava seu corpo ditar as regras, ficava com cada mulher até o tesão acabar. Recebia e dava o que de bom podia ser trocado – antes de trocá-las. Será que ele não percebia que seu coração tinha aprendido a matar, mas não a lidar com a morte? Na época em que meus pais se divorciaram, fiquei com a impressão de que meu pai havia escolhido o sexo e minha mãe, o amor. Ele, a si mesmo. Ela, aos filhos. Mas eu não queria escolher entre meus pais. Muito menos entre as opções contrárias e insatisfatórias que pareciam me condicionar: homens submissos que se atraíam por mim e os subversivos por quem me apaixonava. Quando Paco colocava as mãos em volta do pescoço da cantora, eu já os podia ver do futuro.

Você me ama? Ela perguntava, apenas cobrando pela promessa feita. Querendo ser a mesa de centro das atenções de Paco na sala, sem tapete por baixo ou roupas de cima. Jogando em cima dele, que nem humano é, sentimentos. Ele a ignorou seguidas vezes até que, percebendo que ele estava se esvaindo, se foi para um ensaio, o trancando dentro de casa. Minutos depois Paco pulava pela janela do terceiro andar do prédio onde moravam juntos há apenas dois meses, vendo-se de novo na mesma esquina em relação às mulheres. Pronto para a próxima.

PRONOME PESSOAL, TERCEIRA PESSOA DO SINGULAR — ELA E ELE —

só que entidades. Ele vai? Você viu a roupa d'ela? Ela vai viajar com ele? Vocês vão morar com ela? Ela teve um filho com ele? Mas, afinal, que diabos são ela e ele? O que gostaríamos de ser mas não somos? Ou tudo aquilo que somos e não conseguimos amar? Durante anos respondi às perguntas feitas por minha avó sobre meu pai e sua nova mulher. Ela parecia confabular em sua mente uma espécie de jogo da forca. Buscava por palavras que pudessem condenar os culpados e confirmar a posição das vítima nessa história. Percebi esse jogo também nas discussões bipolares e improdutivas sobre política que mais pareciam torcidas de futebol. A quem servem essas cisões afinal? Como voltar ao tempo em que a vida, a felicidade e os acontecimentos importavam mais que ideologias, dinheiro, fantasmas ou projeções? Houve um tempo em que as pessoas abriam mão de seus egos pela harmonia do todo. Houve um tempo em que a união entre mulheres era superior e independia da relação com os homens. Falta água em nossas engrenagens. Estou falando sobre força e sobre poder confiar n'ela's n'ele's ou em mim: minha maior inimiga. Cólera, calor, mágoa, cotovelos, língua, pecado, ciúme, orgasmo, inflamação. Frente a frente: patriarcado e amazonas. Origens e originários. Eu não mais escondida n'outras tantas me proclamo em estado de Brasil.

NO CAMINHO PARA CASA, ENCONTREI UMA MENDIGA SUJA E arqueada que carregava um baralho de tarô. Ela me olhou um pouco bêbada, e me pediu um sabonete. Me contou que havia se apaixonado por um homem mas ele a rejeitou porque ela fedia. Entramos na farmácia e eu deixei que ela escolhesse o que queria. Ela pegou a sacola com os produtos de higiene pessoal e me entregou duas cartas. A carta com a palavra *Enamorados* em vez de trazer a imagem de um homem e uma mulher, conforme o título parecia anunciar, continha três pessoas e um cupido com a flecha apontando para um triângulo, uma encruzilhada. A indecisão era resultado da falta de conhecimento sobre si. De um lado, a virtude, e de outro, o vício. As alternativas que se apresentariam, nos obrigariam a tomar uma decisão. O tema central era o amor, mas um amor que só se realizaria com a liberdade. A indecisão frente a esse momento era inevitável. Dois caminhos e muita inquietação. Paco se afastava oposto, urgente e confuso. Aprendi com a história dos meus pais que trocar uma pessoa por outra não resolve conflitos internos, mas não dá para ir e ficar ao mesmo tempo. Ao começar a escrever este livro, percebi que quando dizemos "não" a alguém muitas vezes estamos dizendo "não" ao papel que aquela pessoa interpreta em nossa história. Minha mãe era vítima de algo que meu pai garantia não ter culpa. Meu pai deixava minha mãe, como se rompesse com a sua própria. Minha mãe se relacionava com meu pai, como quem matava a saudade do dela. A carta com a palavra *"Louca"* era linda. Trazia a imagem de uma mulher livre e selvagem, cercada por elementos da natureza, sob influência da lua crescente. Deixava claro que um novo ciclo se iniciara.

A necessidade latente de seguir em frente e acreditar. De caminhar tranquila, mas voltada para o futuro. Aparentava ter rompido laços com relações anteriores e padrões antigos, mesmo que não pudesse perceber. Personificação da sorte e do acaso, que, como a relação entre símbolo e signo, é incontrolável. O mundo é quadrado, preto e branco, mas pode ser também redondo e colorido. Não se combate realidade com realidade.

Escrever ficção tornava-se para mim uma forma de romper com a separação. Talvez fosse possível integrar a própria quebra.

COM UMA DAS MÃOS ACORDO AS PAREDES DA SALA PARA QUE SE juntem a mim num corpo só. Depois escoro o tempo enquanto folheio imagens dessa vez coloridas. Meus pés tocam galhos e outros objetos cortantes, regurgitados pelas correntezas dos últimos anos da faculdade. Caminho por uma praia no sul de Santa Catarina com meu segundo namorado. Enxergo seus olhos pretos que brilhavam quando me viam, mas que de repente se turvavam, junto com a feição, como o mar, sem explicação. Todos os nossos amigos sabiam que estávamos apaixonados, menos ele, que percebia enquanto me beijava. Era ano novo e fogos explodiam ao mesmo tempo que as palmas de nossos colegas num círculo ao nosso redor. Numa pedra em frente ao mar, rasgou minha roupa de uma só vez, tomando posse do que já era seu há muito tempo. Tomando posse de algo que não era apropriável. Ao despertarmos de manhã ainda sob o torpor do álcool, cheirando a lança-perfume, sua camisa branca com a gola esgarçada continha gotas de mar, suor e do sangue futuro que vazaria na fricção inevitável de ciúmes, neuroses e agressões que duraram sete anos cravados. Barcas com destinos diferentes já nos esperavam na saída? Em que tempo mora o destino? Presente, passado ou futuro? Chama-se ingenuidade ou cegueira aquilo que nos prende ao que nos faz mal? É a minha animalidade que te mete medo ou a sua?

AOS VINTE E UM ANOS, PACO DESEMBARCAVA EM LUANDA PARA O que seria o primeiro dos nove anos nômades pela África. Nomeado fotógrafo revelação de um dos melhores jornais de Lisboa, vivia momento de profunda euforia. Exilar-se da alegria que sentia – parecia ser o seu plano, ainda que inconsciente. Sorria bonito demais para passar desapercebido. Branco demais para frequentar aquele bairro. Tomou a primeira grande surra da vida. Foi resgatado no dia seguinte por um amigo na casa de uma mulher desconhecida, com sangue e hematomas no corpo, os braços escritos com batom, cheirando a álcool, após ter recuperado sua câmera, um dos sapatos e o celular. Um mês depois, acordou num quarto escuro com o corpo envolto nos lençóis cinzas de um hospital. Um dos braços esticados, a agulha enfiada. O soro ao lado da cama, pendurado em um pedestal. Queimando em febre, levantou a cabeça para olhar-se num pequeno espelho quebrado com moldura cor de laranja. Pela data na ficha ao lado da cama, estava em Dakar há quinze dias e naquele quarto, há sete. Junto ao calor que amolecia o pensamento, surgiam e desapareciam imagens sobrepostas de mulheres e suas capulanas coloridas. A cicatriz no cotovelo de uma delas, o olhar da mais velha, os seios de outra à mostra. Algumas tinham o corpo mutilado, muitas já haviam sido estupradas, mas dançavam e cantavam como se vida fosse uma dádiva. De onde viria tamanha força? Das suas canções ou de seus silêncios? *Encantamento se pratica cantando*, dizia a mais jovem, que tivera um dos braços amputados. E a frase ecoava em seu sangue, junto com a febre amarela. Parecia ouvir a gargalhada e sentir o cheiro daquela com quem havia dançado. Sentia pontadas junto ao ânus e na sequência perdia os sentidos. Talvez já tivesse vivido o bastante para alguém que não era para estar vivo, pensou. Ao sair do hospital, decidiu manter-se distante das experiências. Fotografava de longe e superampliava as imagens ao exibi-las. Criava no público a mesma necessidade de afastamento que buscava manter ao fotografar. Da mesma forma, ofereceu a mim, anos depois, imagens granuladas de si mesmo, que não poderiam ser enxergadas tão de perto. E o afastamento como única opção.

MUDA DE CORPO, SEM ESCOLHA, TENTO VOLTAR A UMA VIDA NORMAL mas vejo o número 33 em contratos de trabalho, mesas de restaurantes, placas de carro, relógios, garagens, portas de apartamento. Até mesmo no ultrassom encontro um útero de 33 g. Tento desistir. Inutilmente acelerar. Inventar finais. Me livrar de Paco, essa arapuca que criei para mim. Mas ele tem seu tempo. Vida própria. Me força a escrever. Cala quando quero que fale. Chia quando eu silencio. Tento controlar as palavras, mas não consigo. Caixas com fotografias, cartas e outras memórias me esperam enquanto me distraio. O vazamento parece estar resolvido, mas a água dentro da parede precisa secar. Só depois virá o momento de fechar, lixar e pintar. Se o tempo é mesmo cronológico, a loucura certamente é quadriculada. Será que meu avô sabia o que meu pai repete ao descascar laranjas após as refeições, formando com o bagaço uma espiral de brincar? Quem deixou você brotar no meu muro? Amor e mágica não se explica.

DESDE O INCIDENTE DA FEBRE AMARELA NO SENEGAL, PACO PASSOU mais cinco anos pela África intercalados com viagens a Lisboa e outros lugares da Europa. Nos quatro primeiros anos, em temporada por Moçambique, fez amigos para toda a vida, em especial Jade, jornalista brasileira. Com ela participou de um projeto contratado por uma siderúrgica brasileira que explorava carvão mineral na província de Tete. Sua função era registrar as entrevistas que ela fazia com a população local tentando identificar possíveis compensações aos danos causados pela empresa – como se a morte de árvores e montanhas tivesse preço. Como se cada ser vivo não fosse único e para além de único, ancestral.

Paco testemunhava um momento crucial e histórico para o futuro daquele território: a apropriação da natureza pelo capital. O presente sucumbindo a um futuro de enriquecimento para uns e violência para outros. A alguns quilômetros de onde Paco se hospedava, estavam as inúmeras minas e um amontoado de trabalhadores paupérrimos sendo explorados por estrangeiros endinheirados. Um mercado confuso de valores e moedas distintas, prostituição e tráfico de drogas. Presenciou crianças morrendo por fome e desidratação. Casos de mutilação de adolescentes, estupros, crimes e assassinatos. Ao menos, nessa fase tinha Jade e seu marido Noah, que se tornaram grandes amigos dele. Noah era ecólogo e não podia suportar Jade metida no projeto de uma empresa brasileira que replicava em terras africanas uma exploração igual à que sofremos por interesses estrangeiros desde a colonização.

Era como voltar no tempo, agora como explorador, para replicar o modelo que promoveu a nossa própria desgraça. Jade já pensava em largar o projeto. Convenceu Paco a fazer o mesmo. Contava a ele sobre o Rio de Janeiro, Manaus e São Paulo. Ser português em Moçambique era pesado, não que no Brasil isso pudesse ser diferente. Pesava ser quem era. Pesava a sua história. Pesava existir. E, ao mesmo tempo, se gabava de tudo que lhe pesava e de quem, apesar de tudo, havia se tornado. A frustração com a terra natal se combinava a uma espécie de saudade, que ardia mais e mais, a cada curva da estrada. E que mesmo nas retas ardia. O corpo de sua mãe estava em estado avançado de decomposição. Paco fazia trinta anos e sua mãe havia morrido há doze.

AO CHEGAR EM CASA, PISO JORNAIS ESPALHADOS PELO CHÃO.
Troco de lugar a trouxa de roupa de roupas para lavar. No banheiro vejo as paredes quebradas e o encanamento à mostra. Meu reflexo encardido no espelho e a cicatriz que carrego no pescoço, tão aberta quanto a parede. Tenho quinze anos, curativos do colo ao queixo, um dreno na altura da traqueia. Corrimento branco na calcinha, vazando também pela garganta. O cisto ao ser retirado deixou um espaço por onde circula essa voz. Ainda não sei se minha. Palavras que não são de dizer ficam indo e vindo entre a garganta e a sua origem: o silêncio.

COMEU TODAS AS UNHAS ATÉ A CARNE DENTRO DO AVIÃO A caminho de São Paulo. Não sabia onde estavam enterrados os familiares, mas talvez não tenha sido por acaso o impulso de, em sua rápida passagem por Lisboa, fotografar dentro de um cemitério. Editava a foto de um túmulo tomado por uma espécie de camuflagem que unia, de forma acidental, a ação do homem e da natureza. Não eram flores trazidas por alguém se projetando sobre aquela construção com restos mortais dentro. Eram flores vivas, que ali brotaram ao acaso, como mato displicente que cresce nas calçadas. Não conseguia dormir. A paisagem como um todo parecia dizer que uma chuva forte havia passado. Chegou ao apartamento de Jade com a esperança de que a ida ao Brasil fosse inaugurar tempos mais leves. Ficou logo impressionado, no entanto, com a existência de elevadores de serviço como nos prédios finos de Maputo. Não imaginava que também em São Paulo encontraria coisa do tipo, embora a história do Brasil apontasse para tal. Lembrou das humilhações que seu melhor amigo viveu na África do Sul. Diversas vezes confundido com assaltantes na rua, proibido de usar o elevador principal num hotel, outras vezes menosprezado por mulheres apenas por conta do seu tom de pele. Sentiu também um frescor inexplicável, como se o ar entrasse mais facilmente pelas narinas. Seria o clima? Também na África era quente e nunca havia se sentido assim. Jade não estava em casa quando Paco chegou, mas logo passou para apanhá-lo. Mistura de manauara com gaúcha, tinha mãe descendente de alemães e pai com origem indígena, ambos infectologistas que fixaram residência em Manaus quando a filha nasceu. Jade vivia entre São Paulo e Manaus, de onde partia para reportagens em diversas partes do mundo. Sentaram no boteco predileto dela. Depois de algumas doses de pinga, Paco andava pelas ruas como se dançasse uma espécie de balé: leve sobre a ponta dos pés e vários braços como a descobrir um mundo novo. Seus olhos tinham certo brilho, me arrisco a dizer, observando-o de um futuro já bem próximo. Desde criança, dizia que gostaria de ser bailarino. Talvez a dança, assim como o sexo, o ajudasse a se sentir mais vivo

DE VOLTA AO APARTAMENTO, SIGO TROPEÇANDO EM MINHAS
memórias. Escolho então uma parede para transformar em mural.
Coloco data e local no verso de algumas fotografias. Pés de café
emolduram um casarão com portas e janelas azuis em uma das imagem.
Palmeiras e uma piscina tão redonda quanto deveria ser qualquer
infância. Um redemoinho toma conta de outro canto inteiro da memória.
Eu e meus primos temos a água pela cintura. Formávamos uma corrente
para jogar nossos corpos ali, porque naquela época girar em círculos era
divertido. Na parte de baixo do casarão, havia uma senzala desativada
onde era apenas uma brincadeira o esconde-esconde por entre peças de
tortura, correntes e grades. Muitas vezes tentei passar a perna por cima
dessa lembrança, tentando me esquivar, como se a própria capoeira
não houvesse nascido ali. Mas os móveis escuros produzidos nessa
época pelos imigrantes, italianos e portugueses, que vieram todos no
mesmo barco rumo ao interior de São Paulo, seguem maciços como
seus negócios, fazendas e certezas impostas sobre o território que os foi
concedido pela coroa portuguesa. Na minha cidade natal pouca gente
sabe ou se importa que o nome da cidade – Águas de Lindoia – significa
águas quentes e tem origem indígena. *karajás? kayapós? karijós?* Quantos
indígenas foram expulsos das termas que hoje dizemos ser nossas? Em
fantasias e sonhos, prestes a naufragar, nos vejo entre lá e cá sem conhecer
a própria terra. O Brasil é uma criança ancestral.

JANELAS QUEBRADAS, CANOS À MOSTRA, O SOFÁ EM FRENTE A um elevador inativo. Três mulheres conversavam no balcão. Elas não eram recepcionistas e o espaço não era um hotel, muito menos um palácio. Crianças corriam pelos corredores. Roupas de famílias distintas eram penduradas juntas num varal improvisado dentro de uma sala mofada. Era possível pular corda, decorar, rabiscar ou pichar as paredes. Estávamos dormindo numa casa de máquinas, último andar de uma habitação no centro de São Paulo. Tínhamos a regalia de um banheiro, um colchão no chão, uma estante e a chave da porta. Paco havia se mudado para essa "ocupa" para um projeto. Disponibilizava câmeras descartáveis para crianças que documentavam, sob suas óticas, a precariedade das construções arquitetônicas – antes de requinte evidente – versus a complexidade da convivência coletiva. Faxinas coletivas, creche solidária, regras de convivência. Arranjamos um espaço que serviria como nosso quarto por dois meses. Penduramos o cordão com luzes de natal que encontramos numa caçamba. Fizemos faxina e trouxemos uma caixa de som. A vista da imensa janela era única. Naquela noite, um cinza escuro tomava conta do céu e tudo o que podíamos ver com a pouca luz eram as janelas dos prédios distantes, acesas em diversos tons, assim como as estrelas. Compramos vinho, pão, mortadela e tomate. Subimos vinte e sete andares pela escada para ali passar uma noite impossível de ser esquecida. Estávamos abraçados e nos olhávamos nos olhos, um devaneio que a falta de luz me proporcionou.
Entrelacei minhas pernas nas de Paco como quem buscava, pela primeira vez e meio desconjuntada, criar raízes. Respirávamos juntos quando ouvimos o tiro. A menina estuprada e depois assassinada no primeiro andar havia passado por nós algumas horas antes nas escadarias do edifício. Sirenes tocavam dentro e fora do meu corpo.

DO CONFORTO DE MEU APARTAMENTO E DO PRIVILÉGIO DE SER
branca e ter nascido numa família de classe média, mas ainda
assim, dolorida como se eu mesma tivesse sido forçada sob outro
corpo contra as escadas, termino de escrever o capítulo anterior já é
madrugada. Retiro o lixo da pia, banheiro e sacada. Comida estragada,
absorventes, papéis higiênicos, versões descartadas, podres e resíduos.
Meu sangue na escada do prédio, pisado como o da garota nas escadas
da ocupa. O beco da cidade. Levo tudo para o corredor pensando nas
pessoas que lidam diariamente com coisas similares. A junção de
quilos de lixo dos outros. O barulho do tiro que interrompeu meus
batimentos colados ao peito de Paco naquela noite parece ter rompido
também uma espécie de bolsa – bolha – que ao mesmo tempo me
protegia e me privava da realidade. Ter bisavô imigrante, pai médico,
mãe com doutorado e avó dona de casa não é como ser órfã e morar na
rua, ter avó faxineira ou bisavó escrava. Uma nação precisa ser capaz
de reciclar o lixo que gerou no passado, antes de reclamar do cheiro
ruim no corredor. Injustiças se ajustam ou se perpetuam com o tempo?

A BONDADE DE JADE EM DEIXAR SEU APARTAMENTO EM SÃO
Paulo nas mãos de Paco era um pouco desmedida. Ela tinha um
relacionamento estável com Noah, mas parecia se realizar através
das aventuras do melhor amigo. Eu sentia pouco de inveja da relação
inabalável que estabeleciam entre si, uma espécie de cumplicidade
que ele não parecia disposto a construir comigo, embora me assumisse
desde muito cedo como sua namorada. Jade estava grávida e Paco
resolveu juntar a oportunidade de trabalho, oferecida por Noah, a um
final de semana para matar a saudade do casal. Do avião já podíamos
avistar Manaus. Os meandros do rio em ziguezague atravessando a
floresta eram como as estradas de terra que cortavam os morros verdes
e baixos da minha cidade natal. Também me lembravam intestinos e
outros caminhos por dentro do corpo. Paco mantinha a atenção nas
câmeras, que preparava com película PB. Os tons de verde possíveis de
serem percebidos eram muitos, imagino que Paco não quisesse impor
os seus ao retratá-la, permitindo aos olhos de quem se confrontasse
com as imagens da floresta o acesso a suas próprias cores. Ao pousar,
fomos recebidos primeiro pelo calor, depois por Jade, que num barco
nos dirigiu abestalhada e grávida de oito meses rumo a um flutuante
às margens do Rio Negro. *O rio é uma cobra viva*, dizia Jade. O início
da estação seca nos garantiria o legado das chuvas e os atalhos entre
as suas curvas. No caminho, avistamos o teatro Amazonas, de mil e
oitocentos. Sua cúpula verde, azul e amarela nos dava uma mostra da
riqueza de Manaus durante o ciclo da borracha. Expunha a evidente
supressão da cultura indígena. Alguns prédios americanizados
contrastavam com casas muito pobres, validando o que lemos na
reportagem sobre concentração de riquezas no estado. Por último nos
chamou a atenção a falta de interação entre o rio e a cidade. *Manaus
nasceu de costas para o rio, mas está de frente para o futuro*, explicou a
propaganda da prefeitura no ponto de ônibus ao lado do Mercadão.
Jade nos contou que, ao adquirirem terras, a primeira coisa que faziam
os caboclos era cimentar o terreno de forma a não restar um único
espaço verde. Aversão ao bicho, esse estranho familiar. Em silêncio, no
barco, eu imaginava se o sangue índio nas veias do caboclo realmente
havia se mesclado ao sangue branco ou se, ao contrário, seguiam lado
a lado sem se misturar por quilômetros, como as águas pretas do
Rio Negro e as barrentas do Solimões, que avistávamos à distância.

DE VOLTA AO APARTAMENTO, ABRO O ACASO EM UM LIVRO qualquer e na primeira página encontro um desenho rupestre com huni kuins, em roda, iniciando um ritual para libertação da alma pós--morte. Na página seguinte, uma expedição colonialista mostra guaranis sendo catequizados e depois exterminados em nome do "progresso inevitável". Na sequência, uma campanha preventiva traz ianomâmis sendo vacinados depois da invasão branca que quase aniquilou o povoado. Então tiro a roupa e, frente ao espelho, vejo a mancha disforme de nascença que carrego na virilha. O vitiligo nas mãos. As mucosas rosadas e as sardas no peito. As marcas e pintas brancas como a pele de minha mãe. As escuras como a pele de Filó. As pardas como a pele de Jade. Verrugas no peito e na nuca. As pernas finas e boas para caminhar que herdei de minha avó materna. A palavra *kayros* tatuada na mão esquerda para lembrar que cada corpo tem seu próprio tempo. A urgência das minhas águas em correrem para o mar. O queloide que se formou na cicatriz na altura da garganta, cada vez mais parecida com meus lábios. Não julgo quem decide transformar o corpo para se adaptar a padrões de beleza externos, mas aniquilar nuances não é também uma forma de amputar as subjetividades? Negar a própria linhagem? Calar a natureza? Quando descobri que as orelhas pontudas que herdei de um bisavô paterno – de Fauno na mitologia romana, ou de Elfo, na mitologia céltica – são raras na família, passei a me apropriar ainda mais do fato de eu ser uma pessoa intuitiva. Sei que o vitiligo está ligado à minha inabilidade de impor limites. E que cada pedaço do meu corpo tem algo a me ensinar. Não são, sobretudo, expressão e memória? Não coube e cabe ao corpo viver e escrever histórias?

ACORDAMOS CEDO PARA SUBIR O RIO NEGRO COM O PEQUENO BARCO de Jade. Paramos em igarapés para um banho de rio até chegarmos na praia onde assamos um tambaqui. Num buraco largo e fundo, enterramos o peixe pescado por Noah e embrulhado por Jade com folhas grandes e cipó encontrados na própria praia. Em cima da terra, colocamos alguns galhos e Noah acendeu a fogueira. O peixe ficou pronto em pouco mais de duas horas. Folhas um pouco menores serviram de prato. Acompanhavam batata doce, palmito e bananas assadas direto no fogo. O azul do céu confrontava o negro do rio. Os verdes da floresta, a praia de areia fina e branca. As cores saltavam da paisagem e meus olhos iam sequestrados para dentro dela, como se pudéssemos extinguir o próprio conceito de paisagem. Nos fundir. Paco mal podia parar e olhar ao redor, o tempo todo no celular ou entretido com a câmera fotográfica, quase se enfiando dentro da própria mochila. O paraíso assusta. Passou o dia se distraindo do impacto que aquele lugar poderia lhe causar ao ajudar Jade com questões mecânicas do barco, acendendo e fumando um charuto como quem fizesse questão de impor seus próprios cheiros ao ambiente. Eu aproveitava para conversar e conhecer Noah. Seus cabelos crespos recém-cortados exibiam a mesma vitalidade da floresta. Me contou que para os nativos a única paisagem que existia era a celeste, que só podia ser acessada pelo homem por meio dos sonhos. A ciência destruiu para nós a subjetividade, tão latente nas culturas indígenas. *Para os que vivem na mata, os animais são ex-humanos,* disse ao apontar um jacaré que nos observava. *São muitas as histórias de gente virar bicho.* Estávamos já no percurso de volta. Ficava para traz a fogueira com nossos restos dentro: cascas, escamas, espinhas de peixe, folhas. Tudo voltaria em pouco tempo à sua forma original: o carvão. O céu se alaranjava e com ele as águas do rio. Paco e eu sentados um de cada lado do barco. O sol se pondo atrás de mim e a lua, grande e fria, se erguendo atrás dele – os dois astros com o mesmo tamanho e à mesma distância do horizonte, em perfeita oposição. Tanto a floresta como a cidade só se enxergam por inteiro do céu, percebi ao encarar um urutau, coruja que acompanha o sol durante o dia e, quando escurece, entoa um canto que se assemelha ao choro de uma mulher.

ABANDONADO O ÚLTIMO OSSO DA COLUNA, COM A CABEÇA TORTA, me distancio de mim a cada passo e a cada frase. Dou voltas em torno de Paco, sem conseguir tocá-lo. Acordo sem meias e sem rumo. Levanto, levanto mais uma vez – preciso vomitar. Colocar para fora as tripas. Pulo refeições, já não consigo mais dormir. Dores no estômago e calores na nuca. Entre uma pilha de louça e a reforma no apartamento, respiro fundo, fecho os olhos e penetro meus escombros, um misto de memória e fantasia. Estou na casa dele em Lisboa, rodeada por paredes amarelas – criança. Da porta ele se despede, vestindo sua camisa branca. A que me amolece e me envenena, mas que sei também pode se tornar um antídoto. Insisto em me manter personagem. Confundo minhas frágeis fronteiras com as deste livro. Ao tatear onde ele acaba e eu começo, me relembro pequena. Cabelos embaraçados e quebradiços. A escova em uma das mãos. Não deixava minha mãe ou qualquer outra mulher me ajudar, então fazia rabos de cavalo para esconder os nós. Vez ou outra, depois que eu dormia, meus irmãos cortavam junto com meus chumaços de cabelo, coisas que voltam aqui, entre um capítulo e outro, emboladas no ralo do umbigo da casa. Nossas fraquezas se desfazem, quando se tornam virtudes o que elas desembaraçam.

NO VÃO ABERTO DA EMBARCAÇÃO RUMO A SÃO GABRIEL DA Cachoeira, Paco e Noah prenderam suas redes junto a cinquenta outros passageiros. O motorista acelerou mostrando que o barco estava prestes a zarpar, enchendo a floresta de fumaça tóxica. O barulho do motor destoava de forma estridente da cor do céu, que misturava tons de rosa e laranja. Noah se divertia ao ver os companheiros de viagem dançando sobre o piso amarelo do andar térreo, onde eram servidas as refeições e ficava o banheiro. Paco mexia os quadris com timidez, de forma desajeitada. Soubesse algo mais sobre os ritmos populares e não estivesse com febre, se manteria ali para observar os sotaques e a desenvoltura em se misturar mantendo a desigualdade desta gente brasuka, como gostava de nos apelidar. Noah já deitado na rede, fones no ouvido e um livro em mãos, dormiria facilmente. Durante o dia, o negro do rio refletia o azul do céu. Durante a noite, a lua tornava visíveis alguns golfinhos de rio que acompanhavam a embarcação. Paco já conhecia a lenda do boto, mas ouviu alguém no barco dizer que quem olha nos olhos de um ser encantado é amaldiçoado com pesadelos até ficar doido de pedra. Ele passou a evitá-los, mas o aviso havia chegado um pouco tarde demais. É provável que os botos-cor--de-rosa soubessem o que era um barco e buscassem por restos de peixe da mesma forma que as mulheres locais souberam aceitar seus destinos, encontrando mitos e lendas que as protegessem. Os botos que viravam homens e engravidavam mulheres não serviam somente para validar as mães solteiras por escolha própria, mas para encobrir incestos e violações. Navegar à noite é traiçoeiro, por isso o motor era desligado quando o barco ancorava, toda madrugada, num braço de floresta. Na primeira noite, todos dormiam enquanto Paco queimava em febre emaranhado a pés, braços, redes e franjas das mais variadas cores e tecidos. Só não se pode usar branco aqui, percebeu, pensando que a Amazônia talvez o pudesse encardir por dentro e por fora. Ao pegar no sono, distanciado de onde estava seu corpo, Paco sonhava com um rinoceronte que, de dentro da floresta, olhava fundo nos seus olhos. Tinha casca rígida e chifres macabros, mas olhos amendoados como os de sua mãe. Era como se ela estivesse presa dentro do animal. Como se a própria morte o encarasse, ainda que estivesse embalado por uma brisa morna e noturna. Contou a Noah, no dia seguinte, que durante a noite suas paisagens africanas se fundiram às amazonenses. Apegado à câmera, reiterava que o mais vantajoso, ali, era se manter distante.

AOS LÚCIDOS NOVENTA E NOVE, NÃO PERCEBE O CANSAÇO DA PELVE esquecida como a carcaça de um peixe, às curvas de um rio enterrado. São os relatos de minha avó no verso de um livro de receita. Não pula trechos desagradáveis ou enfatiza melhores momentos. Apenas uma irritante comprovação de fatos, tendências e repetições. A primeira de nós, da Calábria, no sul da Itália, ainda menina embarcou num navio. Em terras brasileiras teve seis filhos e um marido que morreu na travessia ao retornar à Itália. A segunda viveu a adolescência sem pai. Casou-se com um marinheiro com quem pariu dez filhos. Jogava no bicho e economizava a pensão do marido, que morreu durante a revolução constitucionalista de 1932. A terceira, outra adolescência sem pai, se casou com meu avô, dono de uma adega no interior. Teve com ele quatro filhos que perderam o pai num acidente na estrada, pegando carona num caminhão. A quarta procurava seu pai nos rostos das pessoas na rua até encontrar meu pai para se casar. Teve quatro filhos mas "perdeu o marido" por ter fundado uma escola, acabando por terceirizar partes da organização da casa e da família. Eu tinha treze e observava o mar com uma raiva ancestral, enquanto minha mãe dormia entorpecida em antidepressivos e meu pai já havia retirado de casa todos os seus pertences, com exceção dos meus irmãos e eu. Fortes e generosas, toda a minha linhagem feminina era de mulheres férteis que tinham grandes peitos, pernas finas e transbordavam amor pelos olhos cristalinos. Ao sofrerem abortos e outras perdas e violências, foram condensando culpa e dores nos tecidos que passaram adiante. Ao tomar banho lavavam a própria vagina como quem esfrega roupa no tanque. Como revolucionar, sem deixar de honrá-las? Que falta haviam cometido apenas por possuírem órgãos sexuais que contêm mais terminações nervosas que os falos com os quais tanto nos deparamos, a cada esquina, desde a Grécia Antiga, mas que foram retirados dos livros de anatomia? Houve uma época em que cogitei possuir uma libido doente. Não poder mais dar vazão aos impulsos do meu corpo ou confiar no que fosse que ele atraísse. Talvez meu sexo fosse uma espécie de ferida. Lugar onde se concentravam dores prontas para serem acionadas. Fui percebendo aos poucos que na verdade minhas dores vinham à tona quando estavam prontas para serem curadas. Para acontecimentos que pudessem inaugurar novos espaços dentro de mim. Hoje, justo por não sermos simétricas, é que amo nossos lábios. Minha voz.

DURANTE A PRIMEIRA NOITE EM SÃO GABRIEL, NOAH PERCEBIA os delírios de Paco durante a madrugada. Desta vez havia sido uma cobra que se enroscava em seu dorso atrofiado, condensando ainda mais o afeto que ele não recebeu. Acordaram às quatro da madrugada para uma expedição e vestiam lanternas na testa para enxergar as aves noturnas. Ainda no descampado, Paco se dava conta do imenso paredão que atravessariam. A selva, como um urubu, detecta fraqueza. Logo no começo da trilha, quando ouviu pela primeira vez os gritos do macaco bugio, suas pernas tremeram. Noah o tranquilizou. Os macacos fugiriam ao perceber a presença deles. As árvores eram como prédios de quatorze andares, tinham entre trinta e quarenta metros de altura. O calor úmido lhe fazia suar a nuca, relembrar os desmaios durante o pico da malária. Clamava ao seu corpo que não o deixasse na mão. Preocupava-se apenas em respirar. *Como um lugar tão espaçoso pode ser tão claustrofóbico?* Macacos tagarelavam zombando dele. Se tivesse uma arma, ele certamente atiraria. Pequenos arbustos tiravam sangue de suas pernas, deixavam marcas semelhantes a chibatadas. Ao olhar para suas coxas, pensou nos escravos negros castigados a mando dos portugueses que chegavam ao Brasil durante o período colonial. Estaria ele pagando alguma espécie de dívida com o passado? De que outra forma poderiam ter reagido? O que ele poderia fazer diferente hoje, dadas as devidas proporções? Aponta a lanterna e enxerga o rosto de um macaco, pequeno e delicado, as mãos pressionando a cara num gesto semelhante ao da criança que havia visto morrer em Moçambique por inanição. Agradece por não estar armado. Lembra também da mãe da criança que aos prantos lhe ofereceu o outro filho, implorando que lhe proporcionasse melhor fim. Noah, totalmente adaptado, usava uma espécie de gravador, entoava o canto dos pássaros que queria atrair. E as respostas logo surgiam. Cada vez mais próximas, cada vez mais vivas. Paco havia feito boas imagens e Noah tinha acabado de gravar o canto de um bacurau, quando ouviram um som estrondoso que lembrava uma onça, talvez um trovão. Noah berrou a Paco para se agachar e eles se jogaram no chão úmido da floresta.

FOLHEIO MEUS DESGOSTOS SEM VONTADE DE LEVANTAR DA CAMA.
Gostaria de abraçar São Paulo como me deixo abraçar pela mata, pela vivacidade simples da vida no interior. Conciliar edifícios e paisagem. Apaziguar sem anular. Contradizer sem violentar. Relembro Paco cabisbaixo, os olhos turvos. Nossas brigas em série. Os dois acabados, paradigmas quebrados. Ao abrir a janela, me sinto carbonizada. Uma betoneira me bica os ouvidos. Ainda não tenho raízes, tampouco criei tronco. A ciência dos andares se desenvolve abaixo dos meus pés. O solo, amordaçado em concreto, também reclama. Em cima da mesa, um anúncio de jornal afirma: 33 mineiros salvos, depois de 33 dias soterrados, numa mina que desabou ao norte do estado de Minas, acreditam que o número 33 seja um talismã. Eu e a terra, devastadas por completo, seguimos duvidando. Entro na internet e digito: 33. *Comunicação e renascimento. Potencial criativo e literário.* Amasso a matéria, desmerecendo a numerologia. Depois me apego a ela como a um amuleto. Não vou desistir como já fiz tantas vezes. Só é possível começar pelo meio? Como desmascarar a escolha pela autodestruição? Desço degraus em busca de um lugar mais perto do chão, onde cultura e natureza possam se unir e nos proporcionar uma bela vista do futuro. Escrevo ainda sob escombros. Nada floresce sem ter sido enterrado.

NÃO É COMUM OUVIR UMA ÁRVORE CAIR DENTRO DA MATA, AINDA que na Amazônia elas tenham um ciclo muito mais curto de vida que em outros lugares. Noah, que já participara de muitas expedições, nunca tinha ouvido uma árvore cair. Leu sobre experiência parecida no diário de um colega da universidade. Paco não foi o único que tremeu ao se jogar no chão. A árvore podia ter despencado em cima deles. Com uma bússola, Noah conseguiu encontrar a localização exata de onde ela havia caído, levando uma infinidade de outros galhos, pequenas árvores e arbustos ao chão. Onde ficavam suas raízes, abriu-se uma cratera que lembrava uma cova humana. O imenso buraco e seu defunto de quarenta metros de comprimento se manteriam ali, expostos e sendo velados pelos múltiplos olhos da floresta, tornando-se ainda mais parte dela. A árvore caída parecia o corpo de uma mulher, tinha cabelos esparramados no chão e as pernas afastadas uma da outra, prestes a dar à luz. *Chamamos isso de integração,* disse Teçá, nativo que acompanhava a expedição abrindo caminho para os cientistas avançarem dentro da mata – *Às vezes é preciso abrir mão de partes para ser inteiro. Se espalhar para voltar a ser um.* Paco se recolheu, após o jantar, com as palavras de Teçá ainda ecoando. Sua rede e a de Noah estavam penduradas num espaço coberto, sem paredes mas protegido de vento e insetos por conta da malária. Ao fechar os olhos, com corpo cansado mas presente, Paco percebeu que não se incomodaria se sonhasse novamente com o rinoceronte. Foi como se tivesse visto o corpo de sua falecida mãe e agora até mesmo o fedor da carne dela apodrecendo num jazigo em Lisboa lhe parecia natural. Ainda podia ouvir o barulho dos pés caminhando sobre aquele mar de folhas em estados diferentes de decomposição. Guardou uma delas dentro de um livro. Sentia uma leveza estranha e, pela primeira vez na viagem, dormiu profundamente.

USANDO AMARELO E AZUL PRIMÁRIOS, TENTO CRIAR COM PALAVRAS o meu próprio verde. Por bilhões de anos as cianobactérias usaram a energia do sol e moléculas de água para fazer fotossíntese. Depois a vegetação, ao tomar o planeta, formou a atmosfera, a primeira placenta. Não à toa povos ancestrais protegiam suas mulheres e florestas como reservas de maior importância. Em lendas ianomâmis, foi um peixe, ao se deixar capturar em forma de mulher, que gerou a humanidade. Hoje o sonho romântico de um Brasil miscigenado em harmonia com o entorno atesta e contesta nossa falta de conexão uns com os outros e com a natureza. Corpos de muitos e recursos de todos são postos a serviço de poucos. Enquanto navegava pelo Rio Negro, durante a viagem a Manaus, observei um ribeirinho que num barco lotado de peixes tentava controlar o tumulto que se fez com o puxar da rede. Ele colocou uma piranha em frente ao rosto e se manteve olho no olho com a presa por horas. Demonstrava sentir prazer pela sua autoridade diante dela. A naturalidade dessa dominação esconde e mostra a espinha dorsal de uma relação em constante exercício de apropriação. Extinção de espécies, etnias e territórios de criação. Intoxicação de rios, oceanos e estômagos. Anestesia de clitóris, mamilos e vozes. Doenças e epidemias. Com meus olhos sempre abertos, como os dos peixes, enrugo as sobrancelhas com a notícia de que minha avó, entubada num hospital de São Paulo, tem água dentro dos pulmões e está impedida de respirar sem aparelhos fora d'água. Ao escrever, percebo as manchas brancas que o vitiligo formou nas minhas mãos como mapas de uma doença autoimune. Não foi o corpo a primeira máquina produzida pelo capital? O que *mais valia* além de terra, ouro e mão de obra escrava? Sigo com a boca cheia de indignações, que pesam sob minhas pálpebras. Como cada um pode criar o próprio verde? Aprofundar as raízes? Escrever a própria história?

PACO ACORDOU DE MADRUGADA MAS PERMANECEU NA CAMA
calado por horas. Antes do café da manhã, fumou o tradicional cigarro com a barriga vazia para ter certeza de que era ele mesmo. O calor, os costumes e a falta de entendimento sobre a floresta o faziam refém de Noah e de seus colegas cientistas. Isso o deixava ansioso e entediado. Colegas do acampamento afirmavam que a diferenciação de espécies só é possível quando existe constância, uma palavra vazia de significados para Paco. Noah tentava convencer Paco de que muita coisa acontece quando nada "espetacular" está acontecendo. *Que a vida é feita de fluxos e ciclos.* Explicou que a construção de qualquer coisa demanda continuidade e participação. Era por conta da pouca luz solar que penetrava a floresta pela copa das árvores – mantendo temperatura, umidade e luminosidade daquela estufa verde – que cada espécie podia seguir seu caminho evolutivo. Paco, sempre muito reativo, achava que Noah estava usando a floresta como metáfora para criticar sua forma fugidia de viver. Percebendo isso, Noah pegou algumas sementes caídas no chão e mostrou a Paco que eram todas de frutas comestíveis, saborosas e nutritivas, mas desconhecidas e menosprezadas para a grande maioria dos brasileiros. Imaginava num futuro próximo poder rir de termos preferido colocar veneno na comida ao invés de aumentar a variedade do que comer. Paco entendeu que Noah estava criticando a imaturidade do Brasil ao lidar com a diversidade. *Coexistir não é viver uma miscigenação maquiada, muito menos organizar outras existências em função da nossa própria* – complementou Noah. Neste mesmo dia, Jade e eu chegamos a Balbina, uma vila fantasma que abrigara funcionários de uma usina construída na década de oitenta. Avistamos de longe a enorme área, apelidada de *paliteiro* pelos caboclos da região. *Já visitou um cemitério de árvores antes?* – perguntou Jade, lembrando dos ossos finos das mulheres que encontrara numa escavação em Tete. Sentia-se bem com a enorme barriga num calor de quase quarenta graus a ponto de cruzar a cidade a pé sem que sua respiração se alterasse um momento sequer. Ao fotografar o Centro de Proteção Ambiental construído para lidar com os impactos da usina, percebemos que podia desabar sobre nós dado o estado de abandono.
Enquanto passava o óleo de andiroba nas pernas para se proteger dos mosquitos, Jade me contava sobre estudos de especialistas em mudança climática que previam a transformação da floresta primeiro em savana, depois em deserto, nos próximos quarenta anos. Esta havia

sido uma de nossas conversas mais longas até então. Percebi ao me informar excessivamente sobre a região que tateava seu próprio receio em me contar qualquer coisa sobre as minas de carvão em território moçambicano ou perguntar sobre a minha relação com Paco. Às vezes ensaiava uma pergunta mas mudava de ideia no meio da frase.

QUANDO MEU CORPO FOI ENTREGUE AO DE MINHA MÃE, LOGO após o parto, nenhuma de nós sabia a quem pertencia aquela maciez instintiva que se encostava. Ela adora me contar o quanto essa sensação ficou gravada em sua memória, ainda que tenha durado apenas um minuto. Do colo do meu pai, depois de o cordão cortado, fui levada pelas enfermeiras para ser higienizada e vestida. Já tinha outra cara ao voltar para os braços de minha mãe. Por ter nascido prematuro, meu pai não teve sequer esse momento com minha avó, mas foi alimentado por ela com uma colherinha. Em muitas culturas ancestrais, quando o bebê nasce e recebe um nome, a mãe recebe outro, evidenciando a conexão entre eles. Ao sermos afastados de nossas mães ao nascer, as negamos e aos nossos próprios corpos pela primeira vez. Repetimos esse gesto quando forramos de concreto as cidades sem deixar áreas para escoar a água das chuvas. Quando queimamos florestas para produzir carne bovina ou madeira, acabando com a diversidade e o equilíbrio daquele ecosistema. Quando produzimos commodities para exportação, desrespeitando os ciclos e fluxos que regem tanto a terra como nossos corpos, impondo um rítmo capitalista ao solo. Todas as vezes que achei que podia ser melhor que minha mãe, fiquei presa em suas limitações. Paco seguia ligado à mãe dele, como se o único coração que batesse em seu peito fosse o dela, ainda que estivesse morta. Soltar do peito dela foi tão difícil para ele quanto foi difícil para mim pegar no peito da minha. A enfermeira havia ensinado alguns truques, minha madrinha outros. Mas só depois de adulta conseguimos nos dar o silêncio e o espaço de que precisávamos para estabelecer uma conexão afinada. Ao me colocar disponível para minha mãe, paradas uma diante da outra, fui percebendo o quanto me sentia maior que ela. Ao vê-la fragilizada pela separação, julguei ser necessário assumir a sua posição, como se fosse possível chover para cima e evaporar para baixo. De volta ao meu lugar de pequena dentro dos olhos dela, percebi que não havíamos deixado espaço em nosso passado para a imperfeição e o prazer, que só existem em conjunto. Ela então colocou os dois braços por cima dos meus ombros. Eu passei os meus por baixo das axilas dela. Unimos nossos corações como nunca havíamos feito antes. Transbordando pelos olhos. Hoje, minha mãe e eu vivemos carregando livros de um lado a outro. Literatura para mim é como trabalhar com educação para ela: abrir possibilidades, estar no mundo de forma criativa. Como é bom poder dizer de novo com a boca cheia, o quanto me orgulho em me parecer com ela. Que reconheço todo o amor colocado nas noites em que descobria o que era ser mãe. Na colcha amarela bordada pela minha madrinha. Nas alcachofras e berinjelas da minha avó. Nos colos da Filó. Nas horas que meu pai passou no hospital para pagar as contas da casa. Não fossem as pessoas que nos alimentaram, não estaríamos aqui, nos questionando sobre o que vem nos alimentando. Mas será que plantar toneladas de soja é a melhor forma de abastecer o planeta? Não nos daria a própria terra solução mais soberana? Não estamos invertendo a hierarquia? Perpetuando o divórcio entre cultura e natureza? Não somos nós, os filhos da terra?

JADE NOS CONDUZIA PELAS ESTRADAS DE TERRA DE BALBINA RUMO a Presidente Figueiredo quando após a primeira placa BR174 – Manaus/Venezuela vimos no acostamento vasos antigos de cerâmica que nos impressionaram. Paramos, descemos do carro e encontramos um pequeno galpão coberto por sacos de terra muito escura e cacos de cerâmica com aparência antiga. Era um sítio arqueológico sendo mal utilizado por alguém desinformado sobre o seu valor histórico ou com interesses comerciais obscuros. Ao menos a Terra Preta de Índio estava sendo vendida para pequenos agricultores locais. A Amazônia parecia uma grande terra de ninguém embora a Teoria da Terra Preta de Índio indicasse justo o contrário. Que há milênios a Amazônia foi habitada por uma vasta, sofisticada e sustentável população humana. E que a floresta era na verdade um grande jardim antropológico, transformado sobretudo pela ação feminina, ao contrário da idealizada mata virgem. Já de volta ao carro e à estrada, contei a Jade sobre o pomar que minha família cultivava num sítio onde morei quando criança. Cada um dos filhos cuidava de uma árvore. Meu pé de laranja-vermelha era de uma espécie exótica de semente nativa. Dava laranjas que tinham o pulpo roxo e a polpa vermelha, um pouco mais salgada que a laranja normal, mas de extrema eficácia em processos de cicatrização. Também era a melhor para fazer doces. Jade me contou que na aldeia de seus antepassados todos mudavam de nome quando ouviam trovoadas. Que em todas as línguas indígenas que conhecia nomes de pessoas e de coisas eram definidos pelas relações que os geravam. Que assim como acontecia na poética da língua, nenhuma existência se sustentava sozinha. Me apelidou de Ananda-sangue como aquele pássaro vermelho, o tiê-fogo. Tirou uma jaspe-sanguínea de dentro da bolsa e me deu, dizendo que me ajudaria a sanar injustiças. Enquanto eu guardava a pedra na bolsa, Jade chamou minha atenção para que olhasse o lixão a céu aberto que se aproximava à medida que avançávamos, e já contaminava o ar. Me contou que a grande maioria do lixo brasileiro é despejados em lixões a céu aberto. *Somente dois por cento é reciclado,* afirmou. Jade não entendia a tranquilidade das pessoas ao gerar tamanha quantidade de lixo. *Você já se perguntou que tipo de rastro está deixando?* Disse sem tirar os olhos do retrovisor. Quilômetros e quilômetros de concreto foram ficando para trás. Meus pedaços, como os cacos de cerâmica que encontramos na beira da estrada, por mais que se aproximassem, ainda pareciam sem encaixe. Entramos

então por um atalho e paramos para um banho de cachoeira num lugar onde pedras caídas formavam uma fresta que me lembrou uma vagina. Talvez minha cicatriz na garganta, que parecia uma segunda boca entre a cabeça e o resto do corpo, também fosse uma espécie de fissura. Jade disse que aquela água era boa para beber e tirou algumas garrafas da mochila. Lembrei da fonte onde todo domingo enchíamos garrafões durante a minha infância em Águas de Lindoia. Dos gases usados para inalação e dos banhos curativos. Havia lido que a eficiência da água foi comprovada pela primeira vez em minha cidade por Madame Marie Curie, Prêmio Nobel de Química, e reforçada por todos os demais médicos italianos, incluindo meu pai e meu avô, que apostaram que nossa cidade se tornaria um glamuroso balneário. Sem descartar os avanços da medicina alopática, é lamentável que se tenha feito sucumbir muitos tratamentos tradicionais que além de curar a doença pela raiz não deixam sequelas ou geram efeitos colaterais. Concordava com Jade sobre a necessidade de retomarmos o afeto pela nossa origem, nossa ancestralidade, o lado feminino da história. Naquele momento, eu não precisava mais lutar para ser entendida, agradar, me encaixar ou me defender. Ela me aproximava, sem qualquer esforço, de verdades anestesiadas, mas espalhadas por todo o meu corpo. Estar ali com ela, rodeada de verde e água, era como voltar à infância no interior.
O que nos ligava tão fortemente e nos atraía, quase sexualmente, era a nossa própria natureza. Devolver a carne de volta aos ossos, como havia lido num livro uma vez. Minha obsessão por Paco estava adormecida. Ao final da estrada, ainda assim, perguntei a Jade sobre a forma como eles se conheceram mas ela novamente desconversou. Pegou duas frutinhas que em Manaus são chamadas de taperebá e me entregou uma. Enquanto eu dividia a minha ao meio e comia, primeiro uma parte, depois a outra, ela enfiou a dela inteira na boca.

COMO PERCEBER OS OLHOS D'ÁGUA DE UMA PERSONAGEM QUE FOI desenhada em preto e branco? Sua maneira de tratar o mundo, menos imperativa, supõe certa graça: aproximação e afastamento. Sequer nome tinha, mas pertenceu à Capitania de São Vicente, Distrito de São Paulo e Rio do Peixe. Hoje o nome dela é Águas de Lindoia, que em algumas traduções do tupi-guarani significa "águas quentes" e em outras "rio que se contém". Um buraco que não extravasa? Nem santa, nem puta. Um rascunho de si com pedaços de muitas. Batalhas de se tornar. Utópica e conformada. Ao mesmo tempo, ingênua e rebelde.

O nome dele era Portugal. E a descrição acima é muito mais próxima da forma como ele a desenhou do que da forma como ela se descreveria. Enquanto o nome dela foi silêncio, o dele foi colônia de exploração. Ele presumia que tudo fosse dele, inclusive ela. No passado, a palavra dela não valeria nada contra a dele, mas já há algum tempo ela passou a se conhecer melhor. Proclamou sua autonomia dentro do mesmo capítulo em que eu, escrevendo sobre ela como se fosse uma mulher, nos percebi partes de um todo maior que inclui a Amazônia. Ao abrir uma das caixas que havia etiquetado com a palavra Manaus, encontro então um apito que imita pássaros. Lembro de meu avô contando que um turista nos anos cinquenta ia assobiando pelo caminho entre o hotel e as termas, imitando o cantar de pássaros, e que com o tempo outros cidadãos passaram a imitá-lo. Assobiar virou uma espécie de moda, adotada também por meu avô. Desenvolveu várias formas de usar a boca. Produzia uma infinidade de sons. Ao fazer o apito funcionar dentro do apartamento, recordo as andanças pela Amazônia. Quão único é o canto de cada pássaro, avisando aos demais seres da floresta quem são e que estão ali. Estrofes curtas de quatro ou cinco notas repetidas como um mantra centenas de vezes de acordo com a luz do sol, refletida também através da lua. Não mais possuída por Paco, meu pai, qualquer outro homem ou a proteção de meus iguais, percebo ter encontrado uma forma de assobiar quem eu sou. De assobiar que estou aqui.

NOAH ACORDOU PACO DE MADRUGADA PARA QUE ALCANÇASSEM um barco que os esperava no rio ao amanhecer. Teçá, o mateiro, os guiaria pela floresta até os igarapés. Ele tinha cabelos muito negros e pele amarela. Traços indígenas e olhos azuis. Contou que seu tataravô, preso na França, foi trazido ao Brasil e jogado na floresta para morrer. Aqui foi capturado, acolhido e curado por nativos. Casou e teve seis filhos. Que seu nome, Teçá, significava olhos atentos, recebido quando aos dez anos seus parentes descobriram que ele não conseguia fechar os olhos por completo ao dormir. Se treinasse, poderia enxergar com a parte de trás da cabeça como fazem as corujas, afirmaram. Noah e Paco o seguiam escutando suas histórias até o momento da trilha em que chegaram a uma bifurcação. Teçá indicou o caminho da esquerda, mas Paco já havia se adiantado o suficiente pela direita. As trilhas se encontrariam. *É só seguir o barulho que as folhas molhadas fazem, mostrando a direção do rio* – garantiu o mateiro. A floresta estava na penumbra e eles podiam ver pouco. Paco, receoso de se perder, buscava nas árvores algum referencial, mas elas pareciam todas iguais. Um pouco como as mulheres com quem se relacionava. Mudavam de cor e estilo, pareciam novas no começo, mas eram sempre a continuação umas das outras. O barulho que as folhas faziam, para ele, também soava sem distinção. Perdeu-se inúmeras vezes. Teçá sabia que a floresta tinha mensagens para o espanhol que falava português engraçado, mas não havia ali perigo que não soubesse lidar. Alguns raios começavam a penetrar a mata de forma transversal até o sol aparecer por entre as árvores formando um olho feminino, bojudo e curioso. Vespas com ferrões do tamanho de um dedo se agitavam à espreita. Paco por diversas vezes tinha a mesma sensação: a de estar sendo observado. Movia-se de forma ríspida quando se percebia pego nas enormes teias de aranha. Olhava para o chão e movimentava aleatoriamente seu enorme facão quando foi atacado por um enxame. Ou teria sido ele quem violentou, sem perceber, o espaço que as abelhas construíam colmeias? Noah havia notado a presença do xexéu, pássaro preto e amarelo que constuma se aninhar ao lado de casas de marimbondo, mas não a tempo de avisar o amigo. Quando se reencontraram, as dores ardidas já haviam passado, mas seu rosto estava deformado por completo. Como não havia o que ser feito ali, seguiram em direção ao rio. Teçá, cúmplice da floresta, fez questão de dizer que gente como Paco não tem olho para ver vida. Emputecido com o mateiro, Paco preferiu não responder, pois sabia que só ele o poderia ajudar quando encontrassem o rio. Não imaginava que pudesse ser picado por vespas, que doeria tanto, e no entanto era a cobra que não o deixava dormir. Como se livrar dos bichos que moravam em sua cabeça? Teçá pediu silêncio pois precisava ouvir o som das frutas caindo na água, sinal de que os igarapés estariam perto. Era o barulho que usava para atrair peixes quando saía para pescar nas margens. Noah também percebeu que o ar estava mais úmido. Em poucos minutos encontraram o lugar onde o barco estava ancorado. Ao olhar seu reflexo nas águas do Rio Negro, Paco teve a impressão de que seu rosto, agora com olhos ainda menores por conta do inchaço, parecia a cabeça de uma cobra. Teçá tratou suas picadas com um líquido vermelho que extraíra de folhas de crajiru recolhidas no caminho. Ao terminar o curativo, disse a Paco que animais rastejantes seguem fugindo de suas próprias sombras, ao contrário dos pássaros, que se guiam por elas.

NA CAIXA COM PERTENCES TRAZIDOS DA AMAZÔNIA, ENCONTRO também fotografias, sementes, pedras e um chocalho que faz soar memórias. Adormeço rodeada por elas e acordo num lugar escuro. Penso estar dentro da cabeça de Paco. Procuro pela saída mas só encontro seu umbigo, um cordão umbilical nunca rompido. Uma espécie de corrente me carrega e ao mesmo tempo me prende. Vejo um cemitério de mulheres mortas. Talvez pedaços de mulheres. O que restou delas. O que deixaram para trás. Pés, ancas, costelas. Está escuro. Paco parece também enxergar a cena, então foge, sempre em frente, só que de costas, como se livre. Entra em outro buraco, no entanto me leva junto. Seu corpo esguio está coberto por carvão, cansado de rastejar. Será que só eu enxergo a forma como as idolatra antes de nos matar? Tomo minha caveira da armadura. Abro os olhos.

AO CHEGARMOS EM PRESIDENTE FIGUEIREDO, AVISTAMOS ALGUNS nativos que vestiam ornamentos e pareciam prontos para encenar danças e rituais para turistas. Jade me pegou pela mão e me levou para trás de um barracão com cerâmicas à venda – onde os turistas eram recebidos. A comunidade abrigava índios de diversas etnias que já não falavam a própria língua ou viviam os costumes dos antigos, como eles mesmos chamavam seus antepassados. Muitos frequentavam as quatro igrejas evangélicas existentes na cidade, deixando de lado a pajelança. Do meu lado esquerdo, uma menina comendo um hambúrguer me pediu bolacha como faziam os mendigos que moravam na minha rua. Do outro, uma arara vermelha gritava como quem desaprovasse o próprio destino. Jade queria me apresentar uma amiga. Após uma trilha de quarenta minutos por uma pequena estrada de terra, encontramos uma tenda bastante escondida. Me veio à mente a palavra resistência, depois coexistência. À nossa frente, um varal com roupas coloridas e um jacu-cigano com porte de faisão, cara azul e crista vermelha em forma de leque. Duas índias adolescentes estavam sentadas numa esteira fazendo colares a partir de sementes de jarina e açaí. Ao lado, a horta com babosa, arnica, calêndula, cáscara sagrada, pata de vaca, tamarindo, chacrona, guaco, guaraná, jaborandi, e outras tantas ervas medicinais. Ina caminhou para fora da tenda recém-chegada de uma expedição para coleta de mel. Veio ao encontro de Jade. Se abraçaram por muito mais tempo que um abraço de cidade. Pareciam conversar em silêncio. Encaixadas, respiravam juntas. A barriga de grávida ao meio. Ao olhar para mim, Ina abriu um sorriso que levou os olhos para dentro das rugas do rosto, revelando a falta de dentes na boca e iluminando a coloração da sua pele vibrante. Vestia uma saia lisa e uma camiseta estampada. *Ficar pelada e enfeitada para branco ver, depois de ter morado na cidade, é algo que ainda vou precisar aprender.* Disse e gargalhou, como quem tivesse lido minha mente, presa no ritual oco que seus parentes encenavam na oca construída com ajuda da prefeitura, para receber os turistas. Contou que se lembrava quando o dinheiro do Bolsa Família começou a chegar nas aldeias. Que a pamonha tornou-se, rara pois quase não se plantava mais milho. Mostrou o arroz, o feijão e o macarrão que recebia como cesta básica de uma ONG. As mãos sujas de carvão e tinta de jenipapo saltavam do resto do corpo. Jade perguntou se ela se lembrava dos grafismos que aprendera com sua mãe e de seus significados. Ina confessou ficar confusa sobre as coisas que lembrava e intuía. Muitas vezes achava que inventava. Gargalhou novamente. Contou que a maioria dos desenhos visualizava em rituais. Assumiu ser fluente na linguagem dos sonhos. Jade acreditava na sua forma de enxergar o mundo. Eu trabalhava com arte e queria aprender sobre pintura corporal. *Celulares e cocares são tecnologias poderosas e perigosas*, comentou Ina, ao desligar o seu aparelho e prender uma pena de pavão no cabelo. Colocou fogo em dois pedaços de breu branco e esfumaçou a tenda. Caminhou ao altar que continha apenas uma pedra e outra pena. Soprou a fumaça que o tabaco de seu cachimbo fazia recitando algo doce num volume muito baixo. Com os dedos, acariciava a pena, separando e juntando suas plumas – um balé entre parte e todo. Depois pegou um bambu e, transbordando os limites da doçura, começou a bater no chão entoando cantos com voz alta e estridente. Nos serviu um chá feito a partir de plantas de seu jardim que nos fez relaxar as tensões e entrar no momento sem muito pudor. Prendemos a respiração e Ina soprou um pó feito de raízes em nossas narinas. Nossos olhos lacrimejaram, as pernas tremeram, cuspimos o excesso de raiz que descia pela garganta, mas depois a cabeça ficou leve. Nossa presença na sala tinha crescido de tamanho e nossos olhos, diminuído de função. A tenda estava na penumbra. Pediu para eu tirar a roupa e me deitar na esteira. Jade tirou a roupa também para que eu não me sentisse constrangida. Em uma cuia, Ina amassou o jenipapo e misturou com carvão, usando uma fina espátula de bambu. A seu pedido, repeti algumas palavras em sua língua de forma solene, fazendo as crianças caírem em profundas gargalhadas. Me contou depois que as palavras significavam "fiz xixi na calça". Uma brincadeira que faziam com brancos que vinham visitar. Deitei de bruços e ofereci minhas costas. Ela pediu que eu me virasse.

ENCONTRO DENTRO DE UM SAPATO UMA PEDRA QUE TROUXE DA viagem a Manaus. Reparo em sua densidade, o aspecto arredondado. Polido pelo rio. Me distraio e sem querer a deixo cair. Na queda uma fissura interrompe seu processo de lapidação natural. É cravada nela uma memória abrupta que se sobrepõe ao seu formato essencial. Então o que era um se torna dois pedaços pontiagudos. Facas, tropas, flechas, punhais, milícias, machados, armas de fogo, estradas cortando matas, fronteiras separando terras, muros e quinas. O bico do pé do meu pai e a ponta do cotovelo da minha mãe. Tua língua afiada e a minha garganta costurada. Impossível saber o que veio primeiro, se o conflito, a fuga ou a violência. Que partes minhas rolaram para perto de você quando nos encontramos pela primeira vez? Quanto de leito ainda precisamos para polir as pontas que se formaram em nós? Ou foram as pontas que nos formaram?

INA ACHOU ENGRAÇADO O TAMANHO DO BICO DO MEU SEIO.
Pequenos, ela disse, e se afastou. Estranhou a cicatriz no meu pescoço. Depois voltou, passou a mão sobre meus contornos baixando a cabeça como quem faz que sim. Eu a olhava de baixo para cima, ainda que fosse mais alta que ela. Me sentia meio criança perto de sua ancestralidade. Ela disse que minha pele lembrava o fundo de uma lagoa, cheia de pintas, manchas e camuflagens. Aproximou a espátula de bambu do meu umbigo, tapando o orifício com uma mistura de carvão e jenipapo. Senti o líquido marcar meu centro. Parecia estar fechando algo na minha barriga. Repetia algumas frases em sua língua. Nos contou que o jenipapo reagia com a água. A água com o carvão. E a tinta com a pele, encomendando sonhos. Que era preciso uma noite de sono. Se a pintura vingasse, permaneceria por um ciclo de vida da pele. *Somos como cobras, em constante transformação*. Os desenhos mais geométricos e angulares eram usados para as cerâmicas. Os mais curvilíneos e livres, no corpo. *Este será seu rito de passagem: a união do seu lado de dentro com o de fora. Você precisa habitar este corpo, sem culpa ou arrependimento de o ter escolhido. Proteger a sua pele de palavras* – disse, e depois emudeceu. Sem entender, permanecemos em silêncio enquanto ela aumentava o tamanho dos meus mamilos, então negros, até ocuparem metade dos seios. Contornou com linhas as minhas costelas, desviando das geometrias já manchadas. Por vezes seguindo o sentido dos pelos, penugens e veias, respeitando os contornos da carne, penetrando espaços disponíveis. Outras, como se me abrisse novos caminhos, formas de existir, o direito a mistérios e incertezas. Ao terminar, Ina indicou que Jade se deitasse e me entregou a cuia. Me sentei ao lado dela no chão, tomando cuidado para não borrar os desenhos que me habitavam. Ina disse que os chifres trazem sorte, que eu podia deixar a tinta escorrer. Lembrei da história dos meus pais e pela primeira vez entendi que tudo aquilo que buscamos está vindo em nossa direção. Nos percebi ali concentradas, presentes e em silêncio por muitas horas. Olhei para os seios volumosos e pontudos de Jade, o lado esquerdo maior que o direto. O tom da sua pele parda. O umbigo saltado para fora. Sua *linea nigra* no centro da barriga de grávida. *Pedimos ao médico para não revelar o sexo, mas tenho certeza que é menina* – disse Jade, enquanto eu me preparava para deixar o bambu ditar sentidos. Ina disse que eu precisava afinar a língua. Amolecer a mão. Que já era tempo de aprender a desenhar letras. Endurecer minhas fronteiras naturais e

deixar cair a carapaça. Que escrita e amor eram palavras irmãs que se uniram para formar a língua. Toquei a barriga de Jade com as mãos. Se eu soubesse como fazer, teria começado de pronto, mas não me sentia preparada. Mordia os lábios, perdia a forma, titubeava. Era como se em algum lugar, de alguma forma, ela fosse uma inimiga. Como estabelecer um elo de confiança? Ultrapassar essa condição? Tirar da frente o cabelo negro e grosso, que eu cobiçava. A nebulosa relação com Paco? Jade parecia sentir a mesma coisa e antes de começarmos me contou ter se apaixonado por ele quando o conheceu. Contou que chegaram a ficar algumas vezes em Moçambique, mas que Noah não podia saber. Entendia as dificuldades de Paco, o amava mas não o queria. Confessou sentir uma ponta de inveja sempre que conhecia uma nova namorada dele, mas que comigo havia sido diferente. A gravidez mudou a forma como olhava para Noah. Estava conseguindo se entregar a ele por inteiro. Ina nos intrometeu pedindo silêncio. Entendi que a pintura corporal tece elos entre mulheres que vão muito além de qualquer ideal romântico ou de nossa relação com os homens. Respirei fundo. Já vinha fazendo coisas que não me lembrava saber fazer. A barriga de Jade se mexia enquanto eu movia a espátula em formatos circulares por toda a sua extensão. Terminei em seus seios, que cobri por inteiro seguindo as instruções da anciã. Ao final ela pegou nossas mãos e disse em sua língua: *inimigas-dançar*. Levantamos e ela movia nossos corpos com as mãos indicando as partes que precisavam se mexer. Talvez quisesse nos mostrar que as formas que agora nos habitavam eram vivas.

DE SILÊNCIOS QUE FICARAM CONDENSADOS EM NOSSAS VIRILHAS vaza o choro que lavou todas as nossas roupas sujas. Aqui escorrem as frases que coagularam e as verdades que se encolheram sobre elas mesmas por gerações. Se todos os alimentos descartados por não se encaixarem aos padrões capitalistas de consumo fossem direcionados para pessoas com necessidade, ou cada tipo de corpo pudesse ser admirado pela sua singularidade, ganharíamos tempo para investir em questões realmente importantes que não se resumem a ganhar dinheiro, sobreviver ou ser aceito. Ao fazer com que pêssegos e peitos fossem todos iguais, anestesiamos sabores, prazeres e tambores. As dores dos nossos abortos vêm acentuando minhas cólicas, se esparramando pelas minhas coxas como se o passado quisesse passar por elas. A cada novo ciclo, troco o princípio da escassez que virou a base de nossa forma de viver por diversidade e abundância. Meu corpo de terra, pelo seu amor próprio. Independente de ser um homem ou uma mulher, tento tirar de cena os falos de meus personagens e suas falas demasiadas. Se conseguirmos encaixar nossas cabeças e peitos ao resto do corpo, talvez a nossa ciência volte a se unir à nossa natureza. Sangrar não é doença, muito menos sujeira. Fertiliza o romance. Aqui dentro, sinto muito. Um minuto de silêncio. Luto pelo útero. Só depois batucar sobre ele para fazê-lo voltar a jorrar. Deixar que a água infiltre a terra e então ouvir sementes gemerem ao germinar.

DE VOLTA AO ACAMPAMENTO, PACO E NOAH SE SURPREENDERAM com uma dupla de desconhecidos que chegaram de uma fazenda que cultivava vitória-régia. Renan era um sujeito alto e negro com joelhos e nariz sobressalentes. Pesquisava sobre plantas alimentícias não convencionais. Chegou junto com uma mulher parda e magra, com cabelos grossos e sotaque nordestino chamada Mayara. Ela foi contratada por ele para fotografar espécies que ilustrariam seu próximo livro. Para Teçá, a vitória-régia se chamava aguapé-açu. Contou que sua mãe usava a planta para dar brilho aos cabelos. Que existem formas certas de cultivar cada espécie. Que plantar na lua minguante era garantia de colheita sem praga e comida sem veneno. Para ser ouvido pelos cientistas era necessário gritar, mas Teçá mantinha o tom. Em sua aldeia, fala-se baixo e ouve quem quer. Gostava de trabalhar no acampamento pela fartura. Dizia que seria muito cobiçado pelas mulheres ao voltar encorpado. Noah contou a Paco que os brasileiros seguiam valorizando gostos estrangeiros. Que sabem muito pouco sobre o verde que os rodeia. Um grupo de papagaios atravessou a cozinha gritando muito alto quando ele terminou essa fala. Todos se entreolharam em silêncio. Mayara, única mulher ali, ouvia tudo com gestos firmes e o olhar fixo em Paco. Eram os únicos que não falavam a língua da floresta ou da ciência. Alguns se levantaram para espiar o caule cortado em cubos na frigideira, já com água na boca. Ao conversar com Mayara, Paco descobriu que ela nasceu em João Pessoa e vivia na Espanha. Trocaram telefones. Ambos estariam no festival de fotografia de Paraty no fim do ano. Ao fechar os olhos na rede à espera do jantar, se lembrou do mar de folhas amarelas que avistou de longe e quando se aproximou percebeu serem borboletas. De como ao deixar cair a câmera, talvez por estar sozinho, se permitiu sentir. Se deixou encantar. Em outros momentos, as ignoraria. Durante o jantar, de novo largou garfo e faca na mesa só para olhar para Mayara, apreciar os cachos que se formavam depois do banho, em seu cabelo solto. Noah, afastado do grupo, olhava para as estrelas que pareciam estilhaços de sol a tomar o céu. Queria falar com Jade. Imaginou ela tendo as dores do parto, mas afastou o pensamento.

USO DA VÍRGULA. QUANDO FAZER USO DA VÍRGULA? A VÍRGULA e seu uso. Será que este livro não é também uma espécie de vírgula? Às vezes me escorre o agora por entre os dedos enquanto palavras deslizam através deles. Mas, espera. Escrever não é também viver? Uso frases curtas como se versos porque se pudesse escreveria em ondas, espirais. Nessa altura do romance, empresto a Paco vivências minhas. Tomo posse de sua câmera, escolho os ângulos, ainda que continue só. As fissuras trouxeram luz natural a faces ocultas. A cada nova queda, percebo novas chances de me conhecer. Percebo também que me dissolver é uma forma de me integrar. Deixo trilhos para percorrer os leitos do corpo. Estilhaço a vida em lascas simples de presença. Enquanto sou ainda um rio, meu corpo dói muito menos quando se choca em pedras. Despenca ribanceiras livre. Toma força a cada declive. Me cuido e me lavro lenta. Agora é você quem se finca em mim e se espalha salgado. Como se mar. Como se mãos. Como se dadas. Como se corpos. Como uma ideia de futuro. Como se nada em sua direção? Esta noite sonhei que você deixou o livro de lado em cima da cama ainda desarrumada e, num ímpeto, vestiu sua camisa branca de manga curta, braços à mostra. Mais evidentes as mãos, de onde parto quando tento te imaginar. Sabia que você viria e te esperava pressentindo que no caminho algo te deteria. Torci para que fosse medo e não intuição. Mas o asfalto estava molhado e você perdeu o controle da bicicleta. Ao cair, rachou a cabeça no concreto. Um corte abriu sua testa encharcando o tecido branco da camisa agora vermelho-sangue. Vivo. Chego no hospital desesperada e te encontro desacordado. Coloco a mão no seu peito pelado e te sinto pulsar. Quando acordo, abro as janelas. Ventilo. Marcas na parede fazem a casa mais nossa. Viremos esta página como quem se despe. Como quem deixa morrer. Como quem se despede. Como quem menstrua.

DEITADA NUM SOFÁ-CAMA NA CASA DE JADE EM MANAUS, RELEMBRO
Ina contando sobre um ritual que faziam as mulheres de sua aldeia, ocupando os espaços masculinos enquanto os homens ficavam em casa, preparando a comida e cuidando dos filhos. O intuito era o de lembrá-los de que, se não as valorizassem, iriam voltar a viver sozinhas na floresta. Segundo Jade, as *icamiabás* eram índias guerreiras que viviam no Brasil em tribos sem homens, antes da chegada dos europeus. Criavam palavras, acentos e combinações especiais, derivadas da língua originária, para serem usadas apenas entre mulheres. Tinham costumes que lembravam os das amazonas da mitologia grega e por isso, quando os portugueses chegaram aqui, fizeram a analogia e resolveram dar esse nome a região.

Quando pequena, frequentávamos uma benzedeira. Íamos juntas, somente eu e minha mãe. Acontecia quando alguém ficava doente ou quando minha mãe ficava nervosa. A benzedeira tinha um fogão à lenha enorme, pernas gordas e usava vestidos floridos. Me pedia para vigiar o fogo. Pegava um copo com água e jogava um pedaço de carvão dentro. A fumaça tomava conta do copo e a água ficava com gosto de cura. O mesmo que senti na boca, quando o cheiro do carvão que secava sobre minha pele chegou ao nariz. O jenipapo ainda verde e os desenhos em formato de espiral pareciam me relembrar que sair do útero, em última instância, era sair de dentro da terra. Quando Ina pegou nos meus pés, contou que calçou seu primeiro sapato aos dezoito anos. Disse que a pintura corporal despertaria a mesma sensibilidade dos pés no resto do corpo. Lembrei dos mendigos descalços com quem cruzava em São Paulo. Eles tinham pés sobressalentes como os de Ina, mas anestesiados de tão calejados. Se pés servem para conectar as pessoas ao chão, que diferentes funções teriam na vida de ricos e pobres? Se para uns lhes pertence tamanha quantidade de terra que nunca serão capazes de pisar, para outros, nenhum pedaço de chão lhes pertence. Quando se é índio, numa lógica completamente outra, é você quem pertence à terra, mas ela não é apropriável. Talvez ser pós-capitalista seja ter os pés fincados nos direitos humanos e da natureza, superando a visão neocolonial de progresso. Paco e Noah levariam mais dois dias para chegar a Manaus.

Eu partiria no dia seguinte. Sentia um misto de medo e alívio. Era sempre imprevisível reencontrá-lo. Voltar a São Paulo. Tirei a roupa e, ao me deitar, percebi que quando os europeus chegaram ao Brasil erraram ao pensar que os índios estavam pelados. Me sentia vestida dos meus próprios contornos. Meu corpo adulto se encaixava entre as pedras das cachoeiras de Presidente Figueiredo da mesma forma que meu corpo criança estava acostumado a se unir aos galhos de um jacarandá no quintal de uma tia, em Águas de Lindoia. No dia em que Jade e eu chegamos numa praia isolada às margens do Rio Negro, tiramos a roupa e corremos para o rio tão eufóricas que antes de mergulhar dançamos com os pés já dentro d'água. Nunca havia me sentido tão em casa com outra mulher. Nem mesmo com amigas ou familiares. Menos livres talvez por se tornarem coadjuvantes de suas próprias histórias. Quais teriam sido seus desejos e afetos não fossem eles domesticados? Mergulhei num sono profundo. No dia seguinte, os desenhos no meu corpo acordaram num tom de azul mais escuro. Recordo ter sonhado ser água. Fazer parte do leito de um rio que, ao correr, ia mudando de nome.

ATRAVESSO E SOU ATRAVESSADA PELA PORTA DE ENTRADA QUE percebo tão porosa quanto minha própria pele. Caminho como um peixe dentro do meu apartamento, desviando dos rastros e armadilhas que teci. Post-its coloridos espalham pelas paredes anotações ainda brutas, nunca acessadas, de minha humanidade em construção. Transpiro intimidade, mas existe política nas veias que cingem as viagens e vivências que escolho trazer para este livro. Vejo espalhados pelos cantos da sala objetos já partes desta história. Outros me olham, cheios de sentido. A última caixa a ser aberta está apoiada sobre o chão de taco. Ato fogo brando em sentimentos já carbonizados, restos, mortos e ninharias, depois abafo, retendo os nutrientes. Paredes feitas para proteger, separar e aprisionar, são para amar ou para odiar? Onde, entre o desejo e a contenção, se encontra o respeito e a liberdade? É possível proteger sem capturar?

ARRUMAVA AS MALAS PARA RETORNAR A SÃO PAULO NO VOO noturno, quando, ainda na parte da manhã, Jade entrou em trabalho de parto. Trouxemos Ina conosco para Manaus justo por esse motivo, mas não esperávamos que acontecesse tão rápido. Quando Jade sentiu as primeiras contrações após o café, chamamos a mãe de Jade, uma enfermeira e Lia, parteira munduruku. Lia vinha instruindo Jade desde sua primeira menstruação no uso de ervas, chás, banhos e rezas específicas para tratar mulheres. Por meio da apalpação da barriga, logo soube dizer que sua gravidez era "de gente" e não "de bicho", como cobra ou boto, uma espécie de maldição que se pega em sonho. Nos mostrou onde estava a cabeça do bebê, as costas, os braços e o bumbum. Usando os próprios dedos tocou Jade. Sentiu a cabecinha do bebê e disse que estava bem posicionada no colo, já amolecido e com boa dilatação. Não conseguiu determinar o sexo da criança pela observação dos movimentos do feto, mas manteria em segredo se conseguisse, a pedido de Jade. A "mãe de corpo", segundo Lia, era um ponto localizado abaixo do umbigo da mulher. Não é equivalente ao útero nem à placenta, mas é entendido como a força da mulher ou sua saúde, que é tratada antes, durante e depois do cordão ser cortado. Ao longo da gestação, Ina ajudou o bebê a entrar na posição certa para nascer receitando alguns movimentos e ritos que ajudaram também a fortalecer os músculos internos da vagina e do útero. Os peitos de Jade tinham coloração azul escura e sua barriga carregava os desenhos que eu havia feito. Do umbigo, uma espiral em sentido horário. O restante dos traços eram solares ou reproduziam ondulações. Jade parecia forte mesmo quando já suada e em cócoras, se contorcia e gemia dentro de uma banheira com água morna. Mantinha os olhos fechados como se conectada ao centro da terra. A cada contração, apertava e soltava a minha mão. A mãe de Jade fechou todas as cortinas da casa para criar um ambiente de intimidade, como quem arruma o quarto para fazer amor. Lia e Ina faziam massagem nas costas de Jade e outros ajustes mínimos na posição de seu corpo, deixando a natureza revelar seus próprios caminhos. Vi quando o bebê, espiralando como as árvores fazem ao crescer, fez a passagem, brotando de dentro de Jade. As parteiras seguravam com cuidado a cabecinha e Jade empurrava e gritava com toda a sua força, sem se importar em sucumbir ou morrer. Estava dando vida ao próprio futuro. Assim que Ina ajudou a mãozinha a sair, o resto do corpo escorregou. Ágata nasceu ainda era dia, momento em que o barco de Paco e Noah deixavam o último cais antes de chegar a Manaus. Jade abriu os olhos para pegar Ágata no colo sem saber que era menina. As duas tinham os mesmos olhinhos, tremiam e soluçavam de emoção. Jade lambeu seus narizinhos para que ela pudesse respirar, cheirou e beijou seu corpinho com uma animalidade e brilho nos olhos que nunca havia visto antes num adulto. Era impossível passar ileso pela força daquele acontecimento. Em roda, abraçamos Jade, que transbordava dentro da banheira com sua bebê nas mãos. A placenta nasceu somente depois de alguns minutos. As parteiras esperaram até que a pulsação do bebê e da mãe fossem se ajustando. Jade nos contou depois que conseguia se ver na banheira de fora, como se parte de um filme, e ao mesmo tempo estava totalmente imersa na experiência. Era como se estivesse na perspectiva do bebê e na sua, ao mesmo tempo. Como se o fio que ligasse o centro da terra aos mistérios da vida, naquele momento, fosse tão fino quanto a ligação entre ela e a filha. Ina contou que a placenta representa as raízes do bebê no terreno da mãe. Que em sua aldeia de origem, era honrada e enterrada após o parto, reforçando a conexão do recém-nascido com o mundo. A enfermeira disse que a placenta é formada pelos tecidos do ovo, e que portanto faz parte do corpo do bebê. Somente depois de Ágata já estar habituada à pele da mãe, o cordão foi cortado. A mãe de Jade pegou então a placenta e preparou um pedacinho dela com açaí para que a filha pudesse se fortalecer do ferro e demais nutrientes dedicados ao bebê durante a gestação. No último trecho da viagem de barco rumo a Manaus, Noah chorou diversas vezes. Achava que era saudade, mas talvez sentisse que Jade estava dando à luz. Lembrou do próprio nascimento, de quando a conheceu e do momento em que haviam concebido o bebê. Paco, do outro lado do barco, pensou várias vezes em Mayara. Enviou uma mensagem a ela dizendo que queria encontrá-la em Paraty. Depois relembrou da vacina de kambô que Teçá o havia feito experimentar e o fez vomitar diversas vezes, assumindo feições nunca vistas em seu rosto. Os manauaras chamam essa reação de péa. Em muitas tradições indígenas da Amazônia, a vacina de sapo verde serve para afastar a má sorte com as mulheres, ajuda a limpar o corpo e previne contra doenças e ataques de cobra. Mas e se a cobra fosse ele?

VEJO AS ALMOFADAS CAÍDAS AO LADO DA CAMA. PARA AS DORES no peito que começaram aos treze, sempre usei um quartzo rosa entre os seios, que então despontavam. Abraçar almofadas tornou-se outra forma de assumir minhas dores sem vitimização. Algo se preenche entre seus braços e o vazio passa, ainda que por minutos. Pedaços de um corpo que se acolhe, ao tocar o inerte que o desvela. Era assim que dormia Paco, todas as noites, quando o conheci. Trocando as almofadas por mim vez ou outra, até que de vez. Me trocando por elas. Primeiro almofadas. Depois outras mulheres. A cada viagem. Sumiço. Que partes do meu corpo já se deixaram entender que certa separação é necessária para se estar de verdade com alguém? Que partes seguem saudosas de uma placenta descartada antes da hora? E sobre o vazio. É preciso preencher? O próprio universo não saiu de dentro de um buraco negro?

NOS ÚLTIMOS TRÊS MESES APÓS A VIAGEM À AMAZÔNIA, OUVIA cigarras ao acordar. Cada vez mais alto, elas pareciam não me deixar esquecer a experiência na floresta. O nascimento de Ágata também seguia repercutindo no meu corpo e na memória. Percebia o afastamento de Paco, que também voltara muito estranho da viagem a São Gabriel. Tentava me convencer de que não havia nada de errado, de que eu o deveria ajudar. Tirando o começo do namoro, fase em que me idolatrava à distância, havia sido sempre ausente, pejorativo ou indiferente. Repetia diversas vezes que nunca tinha namorado ninguém a sério. A falta de comprometimento e afeto parecia ser a única forma possível de dar continuidade ao nosso relacionamento. E eu seguia disposta a lutar por ele. Deixando-me de lado. No entanto, pela primeira vez desde que o conheci, percebi que também estava descontente ao me sentir atraída por um homem negro e vibrante que conhecia. Estava num show com amigos e havia aceitado seu convite para dançar. Atarraxada ao seu quadril, percebia: ele lambia meu suor com os olhos profundos. A língua ainda presa em sua boca. *Você precisa de um homem que saiba dançar,* uma amiga me disse um dia. Fugi dele antes de ser seduzida por inteiro, mas não demorou e me deparei atraída por outro. Arqueólogo, cabelos castanhos e olhos verdes. A barba por fazer. Ar de ser mais velho que a própria idade. Paternidade precoce e um certo peso charmoso nos ombros. Seu cheiro se espalhava pela casa. Estava na despedida de uma amiga que partia para Madri. Reparei na forma como prendia o cigarro de palha na boca. Adorei o seu jeito de falar ao me contar sobre suas viagens ao Xingu. De se importar com os outros. Passei a festa toda ligada a ele, mas me despedi desconversando, sem deixar de admitir o quanto me senti atraída. Pensei em Paco, e no quanto seu exotismo o mantinha preso ao personagem inacessível que se tornou – em sua falta de vontade de participar de eventos sociais banais, em especial os que se relacionassem com a minha vida. Seu medo de intimidade. Cheguei ao apartamento de Jade fazendo um grande esforço para aceitar que o único vínculo sustentável entre nós seria na condição de escritor-personagem. Paco abriu a porta e se fechou na escrivaninha para continuar editando imagens. Mexia a boca e o excesso de pele no rosto, inquieto, esforçando--se para não levantar a cabeça quando passei nua em direção ao quarto. Pude perceber que me olhava. Um fogo ácido corroeu meu estômago.

NO DIA EM QUE A NOTÍCIA VEIO À TONA, MEU PAI ME PUXOU PELO braço e me trancou num quarto. Minha mãe batia na porta e dizia que era ela quem deveria conversar comigo. Meu irmão mais velho deu um soco na parede e estraçalhou a própria mão. Uma amiga me ligou chorando porque seu videogame havia quebrado e eu, toda quebrada por dentro, a consolei. Hoje sei que essa história é sobre rachaduras e não sobre o que foi rachado. Sentados no sofá de couro da sala, suplicamos ao meu pai que ficasse. Ele tomava whisky e ouvia músicas num volume muito alto. Sua vida já estava cindida há mais de dois anos. Meu avô era pela terceira vez prefeito da cidade. Minha avó geria a creche. Nossos parentes tinham hotéis e viviam do turismo termal já em declínio na ocasião. Meu pai atendia como médico do balneário, receitando banhos e inalações para enfermidades da pele, rins e aparelho respiratório, um gesto inaugurado pelos índios, depois adotado pelos tropeiros. Administrava também a própria clínica e um hospital municipal na cidade vizinha, onde morava sua amante. Minha mãe se dedicava aos alunos e professores da escola construtivista que fundou, única na região. Quando meu pai resolveu sair de casa, minha mãe pegou todas as suas camisas brancas e jogou na calçada. Colocou nós quatro dentro do carro, passou um batom vermelho e nos levou até a cidade vizinha. Encontrou a casa da amante num bairro um pouco afastado e simples. Minha mãe buzinou e ela logo apareceu, era verdade. Talvez esperasse, de alguma forma, por esse momento há anos. Minha mãe piscou para a gente e disse a ela que se ia ficar com o marido, que ficasse também com os filhos. *Ser amante é fácil.* Depois pintou nossa casa com uma cor vibrante, mudou a entrada para o lado esquerdo e fez com que cada um seguisse sua rotina até o ano letivo acabar. Ao voltar para Águas de Lindoia, adulta, depois de ter começado a escrever este livro, percebi quão pequena era a mesa de jantar, o quintal e a distância entre as coisas. Num guia histórico que encontrei jogado no chão da sala vazia, li que nos idos de 1900 os áqua-lindoienses eram em apenas 450 pessoas e que, antes disso, tudo era dos índios.

AO CAMINHAR PELOS CORREDORES, MEU OLHAR TROPEÇA NELAS: originais e penduradas. No chão e no canto, de mãos dadas com eles, estão seus pequenos grandes nomes na parede. Estou numa feira de arte contemporânea. Observo corpos anestesiados, olhares dispersos, egos e obras. Mulheres que ainda se sujeitam. Os olhos que as lambem, os possuídos por desejos. E então, um cigarro lá fora: *quanto estaria disposta a pagar por ele?* – me pergunta um amigo de Paco. Aquele com quem Paco achava que eu teria me envolvido se ele não tivesse me agarrado antes. Será que ele teria me salvado? Ou me corromperia ainda mais? Volto ao stand da galeria que o representa e vejo seu nome inteiro – Paco González – abaixo do díptico de sua autoria: a mulher ingênua de vestido esvoaçante ao lado do cachorro perigoso mostrando os dentes. A doce ingenuidade e a escuridão covarde. Farejei onde estava me enfiando desde o começo. Me sinto uma obra inacabada. Sem significado e sem poder reclamar. Prestes a ser pendurada pela garganta. Prestes a finalmente poder gritar. Um animal não mata ou devora outro por maldade, nem uma flor se entristece ao morrer. Certa de minha organicidade, perco o medo de que este livro vingue.

ODEIO A TODOS, UM POR UM. CADA HOMEM QUE VESTI COM A camisa do meu pai, cujo tecido branco segue embolado no meu estômago. Coloco suas carcaças para dentro e vou me transformando neles. Depois tomo posse das suas vidas, das feridas e elas não param de doer. Eu sigo sem nada entender, sem saber e sem ser. Seus pedaços tentam me escapar, resistentes fiapos entre meus dentes, presos a uma mandíbula que nem minha é. Mas a garganta agora é minha, estreita e inchada. Também já são minhas as mãos, manchadas de melanina. Escrever passou a ser como respirar, assim como meu todo (e não mais meu tudo) um dia se aproximará de você. De dentro do abismo que ainda nos separa, grifo os adjetivos e me desfaço de tudo que exagera ou distorce as cenas. Um caldeirão em alta ebulição, derruba no papel algo quase autônomo, verdadeiro, mas não real. Ao rever os substantivos, percebo repetições das palavras corpo, sangue e separação, que corto sem ceifar sentido. Deixo ir com a enxurrada, clichês e disfarces que não me servem mais. Dói retirar daqui o que não cabe mas precisa existir. Agradeço a todos, um por um, cada homem que cruzou meu caminho. Principalmente ao meu pai e à revolta que me alavanca.

DEIXEI NA PORTARIA DE PACO UM PRESENTE FEITO DE MATERIAL reciclado, comprado de um artista de rua em Santa Thereza, no Rio. Uma câmera sem lente. Apenas um orifício aberto onde não havia como se esconder. Quando você olhava por ele, via exatamente o que enxergava a olho nu. Na frente estava escrito: *foto caipira*, de um jeito bem infantil. As palavras iam se espremendo ao final da frase como minhas amigas e eu na Kombi do pai de uma delas, por estradas cheias de curva e cerração, bem no comecinho da adolescência. Como meu orgulho em pertencer ao interior, sem manter contato com as pessoas ou mencioná-las. Sem muito voltar a minha terra natal depois de adulta, mas sempre mergulhada nela, em sonhos e memórias. Legumes e carne de panela cozinhadas com o gosto das guerras de mamona na rua e as jabuticabas que se comia no pé. Quentes como o abraço de uma jiboia apertando a jugular de Paco, triturando seus ossos frios. Durante os dois anos e meio de nosso relacionamento ele se esquivou de todos os encontros familiares. Não tinha família, mas não queria uma emprestada. Éramos uma mistura fina de fantasias sobre o amor e da descrença no casamento enquanto instituição. Paco não gostava de cidade pequena e não precisava fazer novos amigos. Ainda assim aceitou, talvez por falta de opção e dinheiro, o convite do meu pai para passar alguns dias num sítio no interior. Tomávamos banhos de piscina e sol. Por algum motivo, Paco não queria transar comigo ali. Dormia abraçado a mim como uma criança com medo, dentro da barriga da jiboia. No caminho de volta, no entanto, parecia leve. Tudo havia corrido bem, afinal. Na sacola, doce de leite e três tipos de queijo. Cantarolava pelas curvas que nos empurravam de um lado a outro, já sabendo que ao chegar em São Paulo o deixaria no apartamento de Jade. Eu tinha uma viagem de trabalho no dia seguinte. Ele então me beijou apaixonadamente e me fez prometer que quando chegasse em casa ligaria para avisá-lo. Respondi que sim, mas estranhei sua atitude. Nunca se importava com despedidas. Mais estranhos ainda foram os quinze minutos seguintes. Me ligou dezenas de vezes para ter certeza de que eu estava viva. Pela voz trêmula pude perceber o seu desconforto. O amor parecia se resumir a uma nova chance de voltar a sofrer. Percebi que não construiria coisa alguma ao negar o casamento que me deu origem.

AO SE APOSENTAR, MEU AVÔ COMEÇOU A DESENHAR FIGURAS geométricas, grides dos mais diversos tipos e cores. Traçava linhas como quem segurava uma pipa, a própria existência se querendo livre para ser apenas o azul claro dos olhos, os feitos como prefeito e a bondade. Lembro dele sempre sorrindo, de braços dados com minha avó. Um chamando o outro de *bem*. Talvez tenha sido por isso que durante o divórcio dos meus pais eu teimasse em convencê-los de que o maior bem eles já haviam perdido: um ao outro. E que portanto os bens materiais já não deveriam importar. Algo físico não me deixava escolher entre meu pai e minha mãe, mas se éramos obrigados a isso, que fosse para uma vida mais livre e feliz. Dividir os filhos em dois blocos seria impossível. Até mesmo para passar o natal essa decisão seguiu complicada. Foi preciso repartir a presença ao meio. Quando partes minhas estavam num lugar com minha mãe, outras estavam com meu pai, e vice-versa. A raiva que meus pais começaram a sentir um pelo outro era do tamanho do amor que tinham antes da separação. Da mesma forma se entrelaçavam dentro de mim, a raiva e o afeto. Separavam-se amor e sexo. Quando crianças, meus irmãos e eu não gostávamos de quando eles viajavam sozinhos ou nos deixavam em casa, nem de quando se encostavam ou se beijavam na nossa frente. Gritando, repetíamos: separa! Separa! Puxando seus corpos em direções contrárias pela cintura ou pelo gancho da calça sem a mínima ideia do poder daquele mantra. A gente queria cada um deles só pra gente, sem saber que com isso teríamos que abrir mão do todo. Percebi, só depois de adulta, que se chama culpa aquela sensação que faz a gente achar que não merece algo bom. Que merece algo ruim. Ainda que nossas falas não tivessem tanto poder, que porcaria de filha eu era ou representava para eles, que era não motivo suficiente para os manter unidos? Se tudo era uma farsa, eu era fruto de quê, afinal?

SEPARADOS PELA PONTE AÉREA RIO-SP E COM DUAS PASSAGENS compradas para Buenos Aires, Paco me mandou um e-mail dizendo que precisava parar para pensar. Se afastar de mim um pouco. Pensei em perder a passagem e não ir. Em sumir da vida dele de vez. Em implorar que fôssemos juntos. Joguei roupas na mala sem nenhum entusiasmo e peguei um táxi rumo ao aeroporto. Fiz o *check-in* e me sentei desconfortável no assento indicado pelo bilhete. Já dentro do avião, ao lado de um espaço vazio, comia as unhas e me perguntava se ele apareceria. Quando o avião já estava prestes a decolar, Paco entrou vestindo sua camisa branca de manga longa. Se aproximou olhando fixo nos meus olhos e me beijou na boca displicente, me fazendo rir. Pediu desculpas insolentes. Disse que eu ia gostar do bairro onde passaríamos a semana. Naquela noite, a lua filtrada pela cortina vermelha de nosso quarto tinha o gosto picante da nossa fragilidade. Paco tocava meu corpo como parte tão íntima do seu que poderia se desfazer de mim como quem corta o cabelo. Mas eu não conseguia raciocinar quando ele me encostava. Comprávamos empanadas e garrafas de vinho e percorríamos a cidade de bicicleta, visitando museus, praças e livrarias. As coisas pareciam ter melhorado até surgir um terceiro hóspede na pensão. Sentamos com ele no bar logo à frente de onde estávamos hospedados. Cervejas e conversas foram seguidas por mais vinho e já estávamos todos bêbados quando ele nos convidou para uma festa. Paco fantasiou que ele estava interessado em mim e que eu estava gostando de ser paquerada. Acabei indo embora sozinha depois de algumas grosserias. Adormeci rodeada por papéis e poesias que joguei fora no dia seguinte. Paco continuou sozinho no bar por algum tempo, voltou ainda mais transtornado e dormiu no sofá. De manhã, eu perambulava pelos arredores da cidade, impaciente, até entrar no quarto e me deparar com seu sorriso e uma almofada, que ele jogou na minha cara. Depois mais uma. E mais algumas. Uma atrás da outra. Rindo, Paco dizia que precisava me despertar para a vida. Eu ria também. E como há tempos não fazia. Rimos porque nos sentimos aliviados. Rimos da nossa desgraça, permitindo uma anestesia momentânea aos corações. Rimos da instabilidade do nosso romance talvez como os índios riam do vestuário europeu. Como ria Ina dos seus parentes – o riso, como forma de resistência.

NA ÚLTIMA CAIXA QUE ABRO, ENCONTRO MEU PAI DE BRANCO
sorrindo para mim numa foto que costumava carregar comigo. Cheio
de sonhos e fantasias. Magro e jovem. A barba ruiva e farta. Pele
brilhante, cabelos negros e finos. Com uma lapiseira sem ponta,
perfuro seus olhos na imagem e quase o transformo num monstro.
O resto do rosto e do busto rasuro com as unhas. Costumava me
dizer que minha mãe e eu éramos suas únicas mulheres. Como não
me sentir traída também? Coloco a imagem frente ao rosto e foco no
buraco que se formou no lugar dos olhos, logo acima da boca que
se gaba de sua excelência como pai e ao lado dos ouvidos que nunca
me ouviam. Fico por alguns minutos olhando para aquela imagem
que deformei. Temo que este livro se torne algo parecido. Como se
olhasse no espelho, me enxergo pequena, infantil, egoísta, privilegiada,
teimosa, mimada, arrogante e covarde. Pego outra foto dele na mesma
caixa. Nesta, seu olhar está distante, já mais velho. A barriga cultivada
em mágoas e whisky. Lembro dos preconceitos que ele atirava contra
mim, mas fica ainda mais evidente a sua pele macia que revelava
pequenas lesões. Percursos que admiro. Pintas de velhice. Seus abraços,
transformaria em pedra – se quentes elas pudessem ser – para eternizar.
Meu pai nos alerta diariamente que só valorizou seu pai depois que
o perdeu. Que os meus equívocos sejam outros, não os mesmos que
os dele. Que os seus sejam outros, não os mesmos que os meus.

APÓS A VIAGEM A BUENOS AIRES, CHEGUEI NA RUA ONDE FICAVA o apartamento de Jade para fazer uma surpresa a Paco e peguei ele entrando num carro estranho. Usava sua calça jeans rasgada que deixava à mostra a cueca preta. Vestia também uma de suas camisetas confortáveis e degoladas que puxava para o lado esquerdo deixando à mostra a clavícula. O carro certamente era de uma mulher. Ela colocou a mão na sua perna. Tinha tatuagens evidentes no corpo. Eles deram algumas risadas sem jeito. Meu peito disparou. Não soube. Teve certeza. Depois ficou em dúvida. Eles ficaram desconcertados. Continuaram. Olhei. Andei. Parei. Observei à distância. Decidi ir embora. De relance, os vi pelo retrovisor. Não havia mulher alguma. Paco estava com seu melhor amigo. Percebo que metade das coisas que descrevi acima aconteceram apenas na minha imaginação. Os dois descem do carro. Parece que me viram. Acenaram para mim com um maço de cigarro na mão. Traguei meu medo. Soltei a fumaça. Algo entre fantasia e alucinação. Busquei as duas palavras no dicionário: *imaginação criadora; ficção; coisa que não tem existência real. Sensação produzida por algo inexistente. Devaneio, delírio, ilusão. Obscurecimento passageiro das faculdades mentais.* Segui sem saber o que fazer com elas. No mês seguinte, fui ao Rio a trabalho. O apartamento emprestado era de uma atriz. Paco já estava lá há duas semana. Quando cheguei, encontrei uma fantasia de anjo jogada sob a mesa. As duas desarrumadas, a cama e a atriz. Ela se sentou de toalha na janela, tentando não demostrar o que para mim parecia evidente. Com aflição de a ver cair, Paco a segurou com a intimidade de pessoas que conhecem o corpo uma da outra. Havia uma calcinha jogada ao lado da cama. Finjo que não. Engulo como ilusão. Percebo minha inclinação para fantasiar cenas a partir de fatos. Penso em fazer dois cadernos, um para anotar os acontecimentos. Outro, para o que imagino. Talvez seja melhor três: outro para as memórias, já que não temos como saber se aconteceram como as percebemos. Mais um para os sonhos? Talvez um para intuição. Foi ela quem tocou a campainha no dia em que Paco foi contratado por uma revista e a pauta era orgasmos. Alunas, amigas e modelos. Na praia, no parque, em suas camas. Mensagens públicas na internet. Ciúme é um sentimento a proclamar. O peito aberto, ferido. Leite derramado por cima do café da manhã. Orgulhosa, pergunto se devo me preocupar. Ele afirma, indignado e vaidoso, que não.

POR ACEITAR O ZIGUEZAGUE DA CONDIÇÃO HUMANA, OUSEI ME olhar de frente. Liberar meus poros a um rugido que há gerações queria sair. Fricção, faísca, fogueira. Antropoceno, patriarcado, acumulação. O que, nessa mistura de nutrientes e resíduos, fortalece, derruba ou precisa ser derrubado? De dentro das minhas vísceras escolho as frases e os pontos finais que detonam essa combustão. A cada fervura, um conjunto de tecidos, vida e carne perdem utilidade e são submetidos a torções e a novas posturas. Meus vazios se mostram espaços. Bordo palavras frescas no pano da memória, tingindo com novas cores a realidade. Tenho te visto de vermelho, contagiado pela minha paixão. Usando roupas pretas por empatia ao meu luto. Com estampas coloridas, como quem se mostra apto a tecer algo novo. Um dia uma amiga me disse que dizer não era também uma forma de dizer sim. Que podemos enxergar nas pessoas outras relações e nas relações, outras pessoas. Dizer e ouvir "nãos" a partir de um grande "sim" para a vida.

ANGUSTIADA, CINCO DA MANHÃ, SÃO PAULO. NOVE E ACABADO de chegar, Paco. As luzes amarelas de Lisboa. No seu quarto, o abajur aceso. No meu, as lembranças. Cama de viúva. Seus dedos esfolados. Raiva, carinho e contradição. Lençóis amassados e outras páginas de passado. O armário de madeira pintado de amarelo e sempre a mesma incerteza. Frieza. Choro. Fricção. Medo. Seu peito atrofiado. Dor, querer, pouco. No meu corpo, um ponto. Seus ombros finos. Carinho e cansaço. Seis e amassada. Sozinha e perturbada pela manhã. Distante, ele senta no sofá de sua sala em Lisboa. Pensa na exposição que resolveu chamar de *Processo*. Escolheu para o convite uma das mulheres que fotografou para a matéria sobre orgasmos. Num papel sobre a mesa, rabiscava o texto da exposição: *Há mulheres que passam por homens e deixam marcas. Se vai vivendo com isso, como se pode. Tudo se processa. Nem tudo se processa. As mulheres dão lugar a imagens e aos poucos se vai acreditando poder manipular o que ficou.* Dizia estar colocando na parede confissões. Dizia estar se desarmando. Dizia estar, aos poucos, conseguindo. Dizia que há coisas que não mudam mas que aos poucos ficamos um pouco mais próximos de saber quais são. Dizia que aquilo era a vida. E que as imagens eram o processo. Pediu para eu não ir. Não fazer parte de nenhuma das coisas. Pedi a ele tantas vezes que pulasse para fora da história. Tantas janelas abertas, não entendo como ficou.

SEPARO UMA MALA ANTIGA COM ROUPAS QUE NÃO ME CABEM MAIS e uma boneca africana que ganhei de Filó aos quinze anos. Não entendi na época o que ela queria me dizer, mas a boneca era negra, tinha dois anéis prendendo a garganta, no rosto apenas olhos, braços pequenos sem mãos, miçangas espalhadas pelo corpo. Descobri que é entregue a mulheres na tradição africana Nbele, quando sangram pela primeira vez – suas passagens para a vida fértil. Mas como aceitar a ideia de parir filhos sem unir o útero ao resto do corpo? Como dar lugar sem antes ocupar? Trazer alguém ao mundo sem ter entrado nele? Durante a minha adolescência, dores e tristezas espessavam as cólicas e as dores na coxa, mas eu não menstruava. Comecei a tomar pílulas e induzir um fluxo artificial. Meus pais haviam acabado de se separar. Era possível que meu corpo estivesse adoecendo pela falta do meu pai? Ao refletir os abortos espontâneos de minha avó? As dores de minha mãe com a separação? A irritação de toda uma constelação inteira de mulheres com o patriarcado? Ou o contrário? Eram nossos corpos defeituosos que criavam realidades doentes? Contorcidos. Inconformados. Entediados, meus ovários carregavam pequenos cistos que se ligavam também ao que apareceu na garganta. A síndrome do ovário policístico faz com que a tireoide comece a produzir hormônios de forma desordenada. Tirei dos meus ovários as pedras que um dia joguei contra as janelas fechadas dos seus olhos. Achei que você tinha me prendido do lado de fora. Hoje consigo ver que eu mesma estava fazendo isso. Em lugares onde falta confiança ou proteção, criam-se blindagens. Ao perguntar à minha mãe sobre a boneca, ela me contou que ajudou Filó a comprar. Ao pegar a boneca nas mãos, depois de anos de menstruação induzida, decidi parar de tomar pílulas anticoncepcionais. Não precisamos escolher entre ser livres sexualmente ou anestesiar a nossa natureza ingerindo hormônios sintéticos. Abertos os olhos do corpo, desmancham-se fantasias e camuflagens.

O GARÇOM NOS LEVOU PARA A MESMA MESA DA PRIMEIRA VEZ QUE saímos para jantar. Eu, vinho tinto. Ele, vinho branco. Eu, dolorida, tentava disfarçar a ferida esgarçada no peito. Ele, frio, não deixava transparecer qualquer sentimento. Quase um anfíbio. Eu disse a ele que não se desiste de uma frase pelo mau uso da vírgula. Que se refaz, se reescreve. Olhava-me de lado com os olhos ainda mais ambíguos. Não me contou nada sobre a exposição ou a viagem à Lisboa. Não precisava mais de mim, ou queria. Mas se mantinha próximo. Não conseguia terminar, mas também não queria resolver coisa alguma. É possível que eu não passasse de peitos apontando em sua direção. Ao me despedir, deixei um beijo em seu pescoço petrificado, mas fui ao seu encontro também no dia seguinte. Subi o elevador, mas, paralisada no hall do corredor, sequer consegui tocar a campainha. Percebi que partes minhas também já haviam mudado. Sentado no chão da sala, Paco olhava as polaroides da infância, esparramadas sobre o tapete. O sol através da persiana, um pouco aberta, criava listras em seu rosto da mesma largura que as da camiseta, em preto e branco. Na foto amarelada que Paco segurava frente ao rosto, ele tinha cinco anos e, pelado no chão de sua casa em Lisboa, vestia o chapéu da mãe e o tênis do irmão. No seu colo, uma foto em que abraçava Teçá em São Gabriel na noite em que fizeram uma fogueira e ele contou a Paco sobre a forma como os ianomamis tratavam seus mortos. Que se reuniam em torno do corpo, choravam, depois o queimavam até que restassem apenas as cinzas, que após algumas rezas eram misturadas a seus pratos de mingau para serem ingeridas. Paco sabia que eu estava quase morta, do outro lado da porta. Ambos com a chave em mãos. Pensou em abrir, mas, pela primeira vez, algumas lágrimas escorriam pelo seu rosto. Sentia saudade da mãe. Do irmão. Gostaria de tê-los ingerido. Desconcertado, entrou no banho e deixou que as lágrimas caíssem como se fossem água do chuveiro. Ouvi o som da bateria. Lembrei que era Carnaval. As batidas de um bumbo pareciam mãos que empurravam meu peito para dentro como se quisessem nos ressuscitar. Preparei o mingau para ingerir a quarta-feira de cinzas à força.

AO TERMINAR DE ARRUMAR A CASA, MAL CONSIGO FICAR DENTRO dela. Ainda que tenha a enchido de plantas, para que pudesse respirar, fujo para Boiçucanga aos finais de semana, em tupi-guarani, cobra de cabeça grande. Num sonho de volta à floresta, caminho sobre um chão irregular e flexível que me acolhe sem deixar de impulsionar. Piso um líquido vermelho que parece um pigmento vegetal mas tem cheiro animal. Percebo que sangrar é natural mas começo a correr desesperada. O sangue parece não vir de dentro de mim. Me sinto acolhida pela mata, mas penso em facas e armas. O bem e o mal. Era perigoso estar ali sozinha, havia dito meu pai. Será que o homem vai parar de derramar sangue quando a mulher voltar a entregar o seu à terra? Ou o contrário? Sinto calores na nuca. Ainda dentro do sonho, vejo meu corpo sendo carregado até uma aldeia por mulheres com cara de leão. Não sei se viva ou morta. Elas me pintam com carvão e jenipapo, depois me sentam. Uma serpente circunda meu corpo como se eu fosse um tronco, com suas escamas em formato de triângulo sobre minha pelve. Sem me assustar, desliza para o pescoço e repousa sobre minha cicatriz, de onde parece sussurrar que há coisas que não são de saber e que todos nós somos seres também de morrer. Percebo que Deus pode ser representado também à imagem e semelhança da mulher. Meus pais dançam dentro de mim, frente a um rio que deságua no mar. Sangue e carvão sabem ser cíclicos.

ENTRE NÓS, DESSA VEZ, A AVENIDA ANGÉLICA. UM OLHANDO PARA o esboço contorcido do outro, separado por listras brancas pintadas no chão. A bola vermelha do semáforo acendeu fazendo com que parassem os carros. As buzinas continuaram apitando a distância, cada vez mais evidente, entre nós. Céu azul de um frio incomum em São Paulo. O segundo em que corri por entre os carros para abraçá-lo foi desfeito pelo meu caminhar desajeitado em sua direção. Paco, dessa vez petrificado por inteiro, desdenhou da forma como eu estava vestida. Ao entrar no meu apartamento, fumou um cigarro na janela para cumprir tabela. Eu tentava fingir que tudo estava sob controle, mas as chamas do fogão começavam a acender e apagar sozinhas. A frieza com que ele me olhava e me rejeitava fazia eu me sentir cada vez mais fraca, insegura e inadequada. O vinho tinha um gosto ácido e trazia à tona, cada vez mais, o pior de nós. Eu não conseguia completar frases. Joguei a pasta na água antes de ferver e ela virou um plástico. O único jeito de fazer dar certo tinha ficado no passado há tempos. O filé mignon já com sal em excesso, regado a molho inglês e manteiga, resultou num sabor enjoativo que crescia dentro da boca e dava vontade de vomitar. Eu cuspi o pedaço de carne na frente dele. Eu estava fora de mim, e ele, trancado dentro dele. Perguntei por que havia desistido e ele me respondeu que queria voltar a ser uma bolha solta pelo mundo, sem se prender. Que não se via assumindo responsabilidade por outra pessoa. Eu tentei ouvir atentamente o que ele dizia e por um momento achei ter entendido a perspectiva dele. Talvez estivesse me amando pela primeira vez ao me devolver o centro. Fechei a porta e os olhos quando ele se foi. Vi meu pai vestido de médico, a mesma camisa branca e ar de desprezo, me confundindo com minha mãe. Noutro momento, me dizendo que sua decisão de ir embora de casa nunca abalou o amor que sentia por mim. Somos nós que escolhemos o peso que queremos dar às facetas da realidade, e não o contrário.

É DIFÍCIL PARA MIM SEGUIR REGRAS COM AS QUAIS NÃO COMPACTUO, mas tenho a sensação de que todas as coisas que experimentei até agora me preparavam para viver a história que começa pelo meio quando termino de escrever esta. Numa caderneta sigo fazendo anotações ao mesmo tempo de trás pra frente e do começo para o fim. Buscando por dobras, gargantas do tempo. Era criança quando meu pai me levou para assistir a um parto. Não conseguia entender como podia se chamar "parto" o início da vida de alguém. Mas quando vi o corte que meu pai fez na vagina daquela mulher, as texturas íntimas dela se esgarçaram como os sentimentos contraditórios que a maternidade despertava em mim. Meu pai naquele papel tinha algo de vilão e algo de herói. Mas a mulher e o bebê, que eram para ser os protagonistas, estavam em segundo plano. Na época era normal, quando a mulher não tinha dilatação, o médico fazer dois cortes em sua vagina. Então eu senti amor e medo, em um só ato. Tudo aquilo me parecia sagrado e violento, a um só tempo. Percebi o quanto as contradições nos paralisam. Transbordei ao som do choro desajeitado daquele bebê que nem conhecia. Ele me ensinou que o início é sempre um parto. E que eu precisaria nascer de novo. Sentir o cheiro acre do ferro no sangue fresco. Sair de um antes, mais perto da origem, onde cada gesto, encontro ou palavra, eram arte, afeto e celebração contínua.

SETE DE SETEMBRO: DIA DA INDEPENDÊNCIA DO BRASIL. DATA marcada para a inauguração de um projeto que havia concebido com Paco e um casal de amigos. *Estados Gerais* enviaria vinte e sete fotógrafos a cada um dos estados brasileiros para produzir imagens autorais ligadas a manchetes locais. Metade dos fotógrafos seriam brasileiros, a outra, portugueses. Os olhos do mundo pareciam estar voltados ao Brasil, abertos para fazer uma releitura da nossa imagem. Além do tradicional *Deus é brasileiro*, havia slogans que diziam: *todo mundo quer ser brasileiro*. E eu me perguntava quieta: *será que nós mesmos sabemos o que é ser brasileiro?* Vários portugueses e espanhóis, amigos de Paco, pediam conselhos para imigrar ao Brasil. Eu dava risada da situação, estranhando ser *a bola da vez*. Mas nem o Brasil conseguiu decolar, nem o projeto arrumou financiamento. No lugar da inauguração da exposição, sete de setembro me trouxe a informação de que Paco havia voltado para o Brasil já noivo de outra mulher. Naquela madrugada, uma dor pontiaguda perfurava meu peito pelas costas. Paco estava transando com Mayara no apartamento de Jade, na rede em que nos deitávamos juntos muitas vezes, logo ao lado da janela. Cabelos presos e as orelhas pequenas à mostra. Como num tsunami, antes de uma onda alcançar a margem, de igual proporção é o recuo que o mar faz. Suga o velho com quase a mesma força do novo que virá. Dessa vez tive certeza: não é possível haver independência sem morte. Na manhã seguinte, acordo ainda com a palavra *engaged*, que ele postou em alguma rede social, que em minha mente, assumia o tamanho de um *outdoor*. Caminhava pela Paulista e percebia uma temperatura indefinida. Algumas pessoas vestiam bota e casaco, outras regata e chinelo. Paco e Mayara vestiam calças e camisetas leves. Apareceram de relance, justo ao meu lado. Passaram quase por cima de mim, sem ao menos me enxergar. Paco tinha as duas mãos nela: uma de cada lado da cintura fina. Pasma, deixei que se afastassem, então gritei seu nome em pensamento. Paco virou a cabeça assustado, arregalou os olhos e depois voltou o olhar para ela. Continuaram sem olhar para trás. Senti cheiro de gota d'água. Começou a chover torrencialmente. Não me movi até cair a gota que faltava.

ENCONTRO UM DESENHO FEITO PELA MINHA MÃE POUCO ANTES de conhecer meu pai: a família que ela queria construir. Os rostos não têm nariz, olhos ou boca. Os corpos também não têm detalhes. Ainda antes de nascermos, fomos representados perfeitamente por ela em fisionomia, gênero, essência e gestos. Já o homem no desenho se parece muito mais com meu avô materno que com meu pai. Com o olhar fixo no espaço entre as pessoas no desenho, e não nas pessoas em si, fico me perguntando sobre o que preenche o espaço entre o que projetamos e aquilo que o outro é ou sente. Será que é isso o amor? Como chegar mais perto do dentro de alguém? Imagino seu corpo molhado se chocando, quente como um cometa, contra e a favor da minha parede. Talvez você chegue derrubando tudo, a começar pela estrutura do romance, do controle e da libido. Nos atirando no chão pelados. Abro então, primeiro a boca, para deixar você entrar a conta-gotas, furiosa comigo e com o destino. Me enxergo enrugada de instinto. Recém-nascida. E sem conseguir dar conta de onde vem cada pedaço, ainda com marcas do parto, parto do que antes me partia, para me abrir por inteiro a você. Imagino que sem me afogar ou salvar, nem marginal nem herói, se tornará tão íntimo a deslizar pelos meus espaços, até mesmo por entre meus dedos e o teclado, que mudará de vez o curso do meu rio fora das linhas. Plantei as batatas da sua perna no meu jardim, será que vamos brotar?

PACO URINAVA DIVERSAS VEZES DURANTE O DIA E BRINCAVA QUE tinha nascido com uma bexiga pequena demais para seu corpo, talvez a de um rato. Apanhei o telefone e disse a ele que, para mim, como homem, ele havia sido o rato mais covarde que eu já conheci. Como amigo e parceiro de trabalho, a cobra mais peçonhenta. Desculpas e mais desculpas esfarrapadas, um monte de histórias sem pé nem cabeça para depois fazer tudo o que dizia não conseguir fazer comigo com outra mulher? Disse a ele que se apaixonar por outra mulher havia sido a forma mais covarde de fugir de um relacionamento real. Que foi sempre sobre medo. E nunca sobre amor. Que talvez sua mãe fosse apenas uma mulher normal, que erra e acerta, e que mantê-la num altar faria com que continuasse a viver fantasias. Que ele podia ter raiva dela sem sentir culpa. Amá-la sem se manter preso ao que ela dizia. Que carregava características herdadas de um pai que não chegou a conhecer e, mais que isso, que ele não conhecia a si mesmo. Que talvez pudesse parar de se reprimir ou sentir medo. Ser humano sem deixar de ser animal. Libertar seus impulsos de histórias que não eram suas. Terminei de falar tão fora de mim que me percebi dentro de uma espécie de transe. A ausência de Paco do outro lado da linha, definitiva dessa vez, me fez urinar nas calças. De novo criança, dentro de uma sala de meias-verdades, faço aula de balé com a meia calça da bailarina que minha mãe queria ser, encharcada. A última vez que senti o cheiro da minha urina estava com Jade escalando, apavorada, uma torre de observação para enxergar as árvores de cima. Eram quatro da manhã e a floresta nos surpreendeu coberta por uma imensa névoa. Logo acima do horizonte, o sol apareceu iluminando tudo como um grande farol. Vida nenhuma passaria ilesa. Tive certeza de que lágrimas verdadeiras valeriam mais que qualquer tipo de delírio, pavor ou fantasia. Depois de um banho demorado, entrei na internet e me deparei com a foto de Jade e Noah com Ágata nos braços. Paco se casava no final de semana. Nossos amigos em comum se preparavam para ir a Paraty. Alguns vindos do Rio, outros de Lisboa. A vida seguia em frente para Paco, apenas com a substituição de um jogador. Será que tinha sido assim também para meu pai, ao se separar de minha mãe? Um ou dois amigos de Paco vieram de Moçambique. Por parte da noiva, que era de João Pessoa, voos domésticos. Alguns casais de amigos vindos da Espanha. Paco carregou trezentas cervejas e garrafas de cachaça para o barco onde, na manhã seguinte, aconteceria o casamento. *Casar num barco pode dar muito errado, mas isso é o que já sabemos de um casamento ao início, e não podia ter dado mais certo* – foi o que disse uma amiga escritora na semana seguinte em seu blog. Paco esperou sua noiva no cais, nunca tão perfeito na camisa branca, mas vestindo também paletó e bermuda. Estava rodeado pelos convidados quando avistou uma nuvem de balões se formando entre as vielas de Paraty. Ela saiu do lugar onde eles ficaram pela primeira vez. Desceu radiante, cabelos encaracolados e soltos. Vestido branco e curto. Uma flor cor de sangue no cabelo. Por baixo, um maiô, também branco, que se deixava ver pela transparência do tecido e contrastava com a pele amarela. Paco a recebeu com um abraço que tirou os pés dela do chão. A levou ao convés e nem por um instante parou de olhar para ela. Os convidados deixaram ir suas bexigas brancas ao céu que tinha tom azul claro. Duas bexigas vermelhas foram soltas pelos noivos, ainda de mãos dadas, já com alianças trocadas.

SEMPRE ACHEI QUE MONTANHAS ERAM BOAS METÁFORAS PARA avós: nos observando à distância, sábias e sedimentadas, às vezes um pouco sarcásticas ou até irônicas, donas do tempo, das memórias, do passado – acúmulo de mães, assim como as montanhas acumulam chão. A gente vai vivendo nossas vidas certas de que elas estão ali. Quando hoje, aos quarenta, olho para meu corpo, enxergo as canelas finas da minha avó materna. A marca do uso repetido da calcinha já aperta sutilmente meu ventre, separando a barriga da virilha como acontecia de forma estridente no corpo de minha velha. Reparo em como estou sentada frente ao computador, no auge do verão, janelas abertas, usando somente uma regata. Um pouco como a protagonista do romance que me fez começar a escrever, que de madrugada pedalava de vestido e sem calcinha. Lembro do período em que minha avó esteve internada com câncer no intestino. Sua irritação em estar hospitalizada, a perda de seus apetites e empatias. Não sem razão, sua falta de confiança no mundo lhe gerou uma necessidade exacerbada de controle e manipulação. As comidas que preparava faziam carinho nas minhas entranhas, mas estavam ligadas a ressentimentos e medos que criara dentro das suas. O câncer não foi a causa da sua morte, mas foi a morte de uma grande parte do seu Rio Negro. Um intestino adulto comum tem como seis metros, o tamanho de uma cobra. Os médicos tiraram um pedaço considerável de sua extensão. Da mesma forma que, cansados de sofrer, alguns nativos brasileiros tinham o hábito de comer os corpos de seus mortos para poderem adotar a perspectiva dos não parentes, foi escrevendo que digeri as dores da minha família e, aos poucos, fui adotando a perspectiva de não minhas. Sei que navegava por dentro do meu próprio intestino enquanto escrevia sobre a viagem à Amazônia. Que fui subindo por dentro dele para acessar de novo a origem da minha vida. Que talvez a cobra fosse eu e que isso era mais elogio do que insulto.

MAYARA EMBARCOU COMO PACO, DISPLICENTE, NO AVIÃO QUE OS levaria à Bahia em lua de mel. Para quem morava em Barcelona, passar um tempo no Brasil era como retomar o que já era seu. Sonho mesmo era o que clamava seu corpo: hormônios, um filho. Para quem seguia sem dinheiro, parecia natural passar a lua de mel na casa oferecida pelo adido cultural de Portugal no Brasil, a casa em que Paco prometeu me levar para passarmos juntos a virada de ano. Uma boa forma de enfiar a faca um pouco mais fundo, para além do ponto final, alcançando o outro lado do peito. O da frente. Que abraçaria o próximo. Para que seguisse cortando pessoas? Não tenho o nome da praia. Não sei em que aeroporto desceram. Acho que foram de carro, jipe, levando pouca roupa. Paco pediu e ela deixou o cabelo solto durante toda a viagem. Ela pedia para ele pular para cima dela e para nunca mais se afastar. Já não tenho muita paciência para continuar a narrar essa história tão ultrapassada, mas não foi exatamente assim que meu pai deixou minha mãe para viver outra história? Lembro de ter visto uma foto. Nela, a amante do meu pai, que era vinte anos mais nova que ele, vestia um biquíni asa delta. Quando meu pai saiu de casa, fez com ela o cruzeiro na Grécia que havia prometido à minha mãe. Era natal. Nós viajamos com uma tia para Cabo Frio. Ignorei qualquer dificuldade que meu pai possa ter passado. Ele tinha a euforia dos "vilões", e nós a tristeza das "vítimas". Até mesmo a morte seria estrago menor que uma traição para uma mulher, dizia essa tia. Fiquei um ano inteiro sem falar com meu pai. Menosprezei os sinais que, na época, precisaram desenvolver para se comunicar. A escassez dos encontros clandestinos e o desconforto que caminhava paralelo à paixão, como uma espécie de sombra. Experimentei cada lugar desse triângulo. Poliamor e outras formas de relacionamento aberto. Estava nascendo quando o divórcio se regularizava no Brasil durante o período militar. Meu avô era prefeito e nós fomos a primeira família a se modificar em nossa pequena cidade do interior – um quase escândalo como o da inundação que aconteceu três décadas antes, ou o primeiro acidente automobilístico fatal, que também fez com que a cidade ficasse abalada por meses. Contam os mais velhos que no local do acidente nasceu um pé de uva originado das sementes que o falecido filho do prefeito carregava. Penso neste livro um pouco como esse pé de uva, uma espécie de legado. Ao admirar com a mesma força a coragem do meu pai em romper e o amor incondicional da minha mãe em querer preservar, percebi ser possível cortar sem dilacerar. Construir sem engessar. Foram eles que me ensinaram afinal, que ser inteiro é, dos atos, o mais revolucionário.

FORAM TANTAS AS VEZES QUE IMAGINEI SUA VOZ, DENTRO DOS meus ouvidos, me dizendo "pode confiar no romance", que me dói os *quases* e os *mas* que você insiste em me dizer. A trepadeira já nos espia, indiscreta e curiosa pela fresta da janela. Seus cabelos e pensamentos crescem como mato, despirocados e movediços, enquanto eu escrevo. Roupas secam no varal e as janelas ventilam, assobiando futuro. Toda vez que você passeia de chinelo pelos corredores, eu corro com a história. Me angustia um pouco imaginar que outros caminhos te levem para longe, mas não quero te engolir ou capturar. Fico pensando se ainda dá tempo de cortar o fio condutor, agarrado na metalinguagem. Com um canudo sorver-te devagar. Ser a manga que lambuza esses fiapos de vida. Objetos e palavras, meras compressas frias. Em busca de um espaço onde o cotidiano possa voltar a ser poesia. Me transformar numa água-viva de puro instinto e presença. Brilhar no escuro para distrair predadores e me duplicar, toda vez que sou cortada ao meio. Em períodos de estresse, abrir mão dos meus tentáculos e sobreviver a todas as suas mudanças climáticas. Para o desejo e o impulso de me unir a você de uma vez por todas, deixo que exclamem por si meus pedaços reluzentes, caídos pela casa. Todos os "se" e os "asteriscos" resmungam e temem, enquanto eu, pressente: já sou minha língua inteira na sua.

EU ESTAVA CERTA DE QUE JÁ HAVIA SOFRIDO O SUFICIENTE COM O casamento repentino de Paco e Mayara quando uma chuva torrencial desabou em São Paulo. Era como se a força da Amazônia houvesse migrado para o sul junto com a notícia de que Mayara estava grávida. Foi como se os rios voadores que atravessam a atmosfera sobre a Amazônia tivessem encontrado na minha vida a temperatura ideal para se precipitar. A enxurrada espalhava destroços verdes e cinzas pelas ruas: eram os pedaços burros e duros do meu corpo que ainda o esperavam. Os que ainda seguiam presos à história dos meus pais. No dia em que fiquei sabendo que meu pai teria mais um filho, minha primeira preocupação, tola e egoísta, era de continuar a ser sua única filha mulher – alguma exclusividade, mínima que fosse. Meu pai não conseguia mais me enxergar ou admirar, tão diferente dos estereótipos de mulher que lhe foram ensinados e tão conectada a tudo que passou a rejeitar em minha mãe. Ao julgá-lo, todas as suas sombras ficaram estampadas no meu rosto. Me empolgava toda vez que ele dizia que ia comprar um trailer e me levar para conhecer o Brasil, mas quase sucumbi quando tocou meu nariz e, projetando ele para cima, me disse que a beleza da mulher morava ali, insinuando que eu não a possuía. Porque meu nariz era pra baixo como o dele. E eu não tinha mesmo o nariz arrebitado da mulher dele. Mas tinha a minha beleza, que encontrei graças às orelhas duras que herdei da minha mãe. As mesmas que ele desdenhava por não se baixarem sob seus comandos. Repetia uma frase quando se divorciou de minha mãe que seguiu ecoando em mim por anos: *o tempo vai mostrar.* E seguia mostrando apenas distância, ausência e escassez. Atrás de um grande homem uma grande mulher? Foi para tirar qualquer coisa da minha frente, principalmente homens, que escolhi a solidão. Mas meu pai tinha razão sobre o tempo, que ensinava não se tratar de razão.

NA ÉPOCA EM QUE COMEÇAMOS A FAZER UMA ESPÉCIE DE TERAPIA familiar, meus irmãos e eu tentamos representar, num psicodrama, o que a separação significou para nós. Minha mãe e meu pai eram as almofadas maiores e estavam embaixo. Quando nós os retiramos, cada um de nós rolou em direções opostas, como nossos pedaços ou o próprio tempo, que também foi mostrando múltiplas versões dessa história. A idade da mulher do meu pai, em alguns momentos, parecia uma bola de boliche. Se chocava contra meu corpo e o de minha mãe de uma só vez. Então, quando consegui que meu corpo entendesse que meu pai era apenas meu pai, e não o homem da minha vida, tudo foi ficando mais fácil. Aconteceu na mesma época em que ele percebeu que eu não era a minha mãe, ou um pombo-correio entre eles. O tempo foi se arredondando e se espiralou de vez com o Alzheimer da minha avó paterna e sua partida. Ao perder a memória e qualquer certeza sobre o que a rodeava, nos fez tantos e todos, nunca certos ou errados. Li que o Alzheimer se realaciona à falta de diversificação da alimentação ou forma de viver. Quando pensamos, fazemos e comemos sempre as mesmas cosias, nos atrofiamos. Ao soltar meus olhos, o tempo voltou a ser meu, como quando pequena. Neste livro ele tem feito saltar tudo o que um dia doeu mas deixa muito mais estridente o que realmente importa e brota, depois das tempestades. Meus irmãos e eu nos formamos. Eles se casaram e tiveram filhos. A família encontrou uma nova dinâmica. Mais admiração por tudo que minha mãe seguiu fazendo por nós. Mais respeito pela forma como meu pai se reconfigurou e retomou o carinho e cuidado com todos. Algumas vezes o concreto da cidade seguiu tentando carimbar o que a floresta mostrava ser digno de regenerar e esquecer, mas quando penso no meu irmão por parte de pai me admiro do quão inteiro pode se tornar qualquer amor que comece pela metade. Todos fizemos o melhor que podíamos dentro das nossas limitações. Um dia alguém me disse que eu podia colar os cacos da minha história com ouro, como fazem os chineses em suas porcelanas, para que se tornem ainda mais valiosas. Os meus, colei com carvão e jenipapo. Porque nem tudo que é valioso reluz. El Dorado foi mais uma das fantasias que seduziram os aventureiros europeus, durante a colonização do Brasil, que seguiam em busca de enriquecimento na região das nascentes do Rio Amazonas. Chegaram aqui com tanto dourado nos olhos que não foram capazes de enxergar o valor e a sabedoria de uma civilização inteira vivendo em harmonia com a natureza por milênios. Muita riqueza nossa continua sendo tomada pela mentalidade trazida pelo europeu que adoramos em placas de rua e estátuas no meio de praças.

PACO E MAYARA ESTAVAM RADIANTES COM A NOTÍCIA DO BEBÊ, MAS Paco teve diversas crises de pânico. Achava que podia morrer. Que seu filho passaria pelas dores que fez questão de esconder de si, mas certamente presentes em seu DNA. Ainda na maternidade, quando Theo demorou um pouco a respirar, Paco teve uma crise de choro e descontrole parecida com a catarse que viveu durante a viagem à Antártida. Ao avistar pela primeira vez o fim do mundo, não havia nada além de um branco sem dimensão. Blocos de sentimentos aglutinados foram se desmanchando, como o próprio gelo que o cercava. Um silêncio lhe corroeu a mente e isso acontecia de novo ali, no hospital. Não conseguia se lembrar do rosto da mãe. Ainda preso nela, acessou, por conta do nascimento do filho, muitas sensações conturbadas desde quando era ainda um feto na barriga dela. Uma mistura de paixão e rejeição tão estridente quanto perturbadora – traços evidentes de sua personalidade adulta. Vomitou inúmeras vezes. Não conseguiu ficar dentro da sala com Mayara ou assistir ao parto. Ao se deparar com a instabilidade emocional de Paco, Mayara pariu sentindo que Theo era muito mais dela do que dele. Gostava de dizer que o filho carregou do pai apenas a boca carnuda e os olhos pequenos. Nos primeiros meses, impactado pelo nascimento do filho, Paco foi invadido por uma força que não sabiam explicar de onde surgia. Se debruçava sobre o olhar frágil e sereno dele. Acompanhava a sua respiração abdominal. Foi se deixando tocar pela paz e pelo caos que, ao mesmo tempo, se instalava na casa recém-organizada pelo casal. Na época em que namorávamos, no meio de pesadelos, Paco se jogava no chão de madrugada achando que havia chegado a sua hora. Sonhava muitas vezes que eu estava grávida dele. Uma vez, acordou indignado com as decisões sobre a vida de nosso filho já adolescente que eu havia tomado, sem o consultar. Todas as vezes em que pensei estar grávida, Paco me respondia displicente que gravidez era vida, mas não demonstrava ser capaz de assumir responsabilidades meio a meio com qualquer mulher. Deixou a casa de Mayara e a vida cotidiana da paternidade expulso pela esposa quando Theo era ainda um bebê de um ano. Ficou difícil para ela arcar com o trabalho de cuidar do filho e as oscilações emocionais de Paco, que não foi fiel justo no momento em que ela estava mais frágil, o puerpério. Talvez Mayara já pressentisse que aquele casamento não daria certo, mas, de qualquer maneira, quisesse engravidar. Talvez apenas o tenha usado. Ou então a roda do tempo tenha decidido girar de forma estridente. Mayara estava desapontada com Paco diante das responsabilidades financeiras e com ciúme de outras mulheres quando o proibiu de chegar perto de casa ou de encontrar Theo. Ele ficou desesperado, mas não tinha o que fazer, dependia dela para permanecer no Brasil. Ela o ameaçou dizendo que o denunciaria como agressor caso chegasse perto dela ou da criança. Ele ainda não tinha o visto permanente, mas ao menos essa garantia o filho e o casamento lhe trariam. Isso também deixava Mayara furiosa. Se sentindo usada. As justificativas e as desculpas para o fim do casamento eram muitas, mas no fundo o que Mayara queria mesmo era voltar a controlar a própria vida. Queria o filho para si. Fazer as coisas do seu jeito. Talvez como eu que, percebo enquanto escrevo, deixei de conviver com meu pai, sua mulher e meu irmão mais novo durante todo o ano em que ele nasceu, indignada e magoada com as escolhas do meu pai. Abri mão de tatear enquanto crescia aquele corpo novo: imperito e leve. O único de nós que se parece com o esboço do meu pai que faltava no desenho futuro que minha mãe fez quando solteira. O único de nós cinco, todos únicos, que é filho único. O único não previsto pelas projeções de minha mãe no quadro emoldurado com madeira escura que ficava na sala, ao lado da janela.

ÀS VEZES, VIRO NOITES COM OS OLHOS FECHADOS TOMADA POR prazeres, cheiros e toques. Noutras me perco sozinha nos labirintos da razão. Preciso me afastar, olhar o romance de longe. Entender para onde ele me leva e onde quero chegar com ele. Seguir a linha contínua mas frágil, que às vezes se rompe quando tento caber na régua de alguém. Fico em dúvida se devo manter a estrutura binária. Começa a me incomodar este ziquezigue de textos de uma margem a outra das páginas. Penso em colocar todos os verbos no passado para garantir minha alforria, mas tenho a impressão de que só com verbos no presente consigo trazer você, te trazer para mais perto. Se o acontecimento é o tempo em que cessa a observação, em que tempo mora a ficção? Não seria a presença a nossa única fração inteira? Não consigo entender como separar o caminho do fim, se a cada passo que dou o horizonte se move. Se outra linha, tão fina e precária se forma, sem cessar, cada vez que o oceano respira a favor da terra. Sinto que não falta muito. Criaremos tantas brechas que o mundo voltará a ser um abrigo.

PACO HAVIA SE MUDADO DA CASA DE MAYARA HÁ UM MÊS. MORAVA de favor no apartamento de um amigo português que veio ao Brasil na mesma época que ele. Retirou da casa dela todos os seus poucos pertences, que encontrou amontoados num canto da sala. Quando chegou no novo lar, o apartamento estava quase tão vazio quanto seu estômago. Se sentou à mesa desolado, com uma faca nas mãos, e descascava a única beterraba que encontrou na geladeira. Reparou que sua casca tinha tom roxo escuro, era velha e áspera, tão parecida com a pele do rinoceronte dos sonhos recorrentes na Amazônia. Talvez devesse tê-lo tocado. Queria cortar aquele mal pela raiz, digerir a superfície esfaqueada. Olhava para as gotas vermelhas que se formaram na beterraba, depois do corte, sem dor ou testemunha. Tudo o que ele queria era que a mãe estivesse ali. Que o pudesse abraçar. Que pudesse conhecer Theo. Gostaria de passar ao menos o domingo com ela. Percebeu de onde vinha a angústia, mas afastou o pensamento. Não podia suportar a ideia de ser vulnerável, como qualquer outro mortal, com os mesmos problemas e necessidades, uma pessoa comum. Reteve as lágrimas. Não se tornaria um clichê. Mas sua mente em *looping* tentava entender de onde havia vindo a certeza que o fez casar com Mayara, ter um filho com ela e, de repente, já não ser digno de vê-lo ou de estar no mesmo ambiente que ela. *Que maluca! Como pode ser tão maluca aquela mulher!* Mas algo em seu próprio corpo o denunciava. Sabia que os movimentos bruscos sempre vieram primeiro dele. Lembra-se da mãe desencorajando-o a encontrar o próprio pai, que afinal acabou por não conhecer. Dos botes da cobra que tanto o afligiam nos sonhos durante a estadia na Amazônia. Finalmente havia encontrado um espelho à altura. Mas em que lugar no caminho se perderam? Para onde teria ido, naquele momento, a paixão refletida em sorrisos dentro do barco, no dia do casamento, em que até a lua estava vermelha e inchada no céu? Só conseguia sentir raiva. Uma raiva que vinha de um dentro que ele se deixava experimentar pela primeira vez. A lembrança ainda viva que guardava de tudo que passaram no último ano queimava como uma úlcera. Nunca antes em sua vida algo doeu tanto. As lembranças, sempre mais doloridas que edificantes o faziam decidir pelo processo de esquecimento. Bebeu todo o whisky da casa. Fumou toda a maconha e saiu em busca de um lugar mais fundo na noite – onde pudesse pegar algum tipo de impulso. Se mover em qualquer direção que fosse. Chão não tem dono, um dia alguém lhe disse. O corpo coçando a vontade de rastejar. De voltar para onde havia aprendido a habitar como ninguém.

Enfiou a carapuça. De novo era carcaça. Queria outro buraco. Entrou num bar. A noite já era madrugada. Avistou uma poeta de rosto fino e jovem, nariz em forma de bico. Ela declamava algo. Parecia um pássaro. A fala firme continha doçura, força e integridade. Percebeu as olheiras que carregava debaixo dos olhos. Gostou do cabelo. Das tatuagens. Um quase desejo reapareceu como pontadas no seu membro. De novo era ele mesmo. O exagero. A carne. A febre. O ímpeto. Algo familiar o atraiu nela: uma coisa boa e fresca. Não sabia codificar ou reconhecer, mas sentia a cabeça pesada. Tomou outra dose de cachaça. Clamava sua urgência aos sete mundos. Ela sem saber como acessá-lo. Ele: uma salamandra. Uma festa inteira em uma só pessoa. Finalmente o encontro com a cobra que o perseguia, furta-cor da pele em tonalidade castanho-avermelhada. Iridescente sob o sol com tons verdes e azuis como óleo sobre a água. Vestígios de seus membros que involuíram para esporões ao final da cauda. Os usaria para estimulá-la se tudo saísse como de costume. Quem não admiraria um arco-íris se tivesse a chance de observá-lo durante a noite? A poeta parecia hipnotizada. Ainda assim, percebia os movimentos sinuosos de Paco. Às vezes nem a noite bloqueia disfarces. Ela não era uma criança, embora fosse muito jovem. Conversaram um pouco dentro do bar. Uma chuva começou a cair. Foram embora trôpegos, a pé. Já meio juntos, certos e um pouco desmascarados. Ela ofereceu carona mas o carro estava longe. Ele caminhou com ela. Molharam-se no caminho já de mãos dadas. Ele percebeu que ela era sensível, singular. Sentiu náuseas. Tropeçou. Se apaixonar-se por Mayara havia sido uma forma covarde de fugir, sua fuga havia se tornado uma prisão? Caiu no chão. Pensou em Theo. Ao menos Theo. Parecia estar tendo uma convulsão. Um transe? A poeta não sabia o que fazer. Os dentes de Paco rangiam e a boca espumava de raiva. Tristeza. As mãos dele se contorciam e lágrimas começaram a cair de seus olhos. Paco não queria ferir mais ninguém. Seu corpo tomava um formato estranho. Quase pronto para deixar de ser um personagem. Quase humano outra vez. Ela perguntava como podia ajudar, mas Paco não estava consciente. Não lembraria de nada no dia seguinte. Então ela o levou para casa, tirou suas roupas e o colocou debaixo do chuveiro. Ele seguiu contorcido até expelir toda a raiva. Continuava a espumar pela boca. Sibilava. Um som que vinha do fundo da traqueia e parecia um pneu furado. Ela sabia que ele tinha bebido, mas aquilo não podia ser apenas bebida. Estranhamente, não sentiu medo. Paco vomitou três vezes. Aos poucos, seu rosto foi assumindo uma nova feição. Dos olhos ainda saíam lágrimas. Ela o lavou e o enxugou com uma toalha preta. O colocou em sua cama. Deitou-se ao seu lado e o abraçou buscando na memória por uma lembrança boa: o arco-íris que se formou na água que usava para esguichar o quintal na direção da luz do sol pela manhã. Viu as mesmas cores nas escamas de Paco.

A PRIMEIRA CAMISA BRANCA VEIO COM UM MÉDICO DENTRO. EU fiz muito esforço para deixar aquele espaço apertado. Me empurrei para fora com tanta certeza e coragem que não me importava com o que havia do outro lado. Boca e pele ainda roxas. Êxtase, frio e dor. Arrependida, me rebatia apavorada nas mãos do único cirurgião à disposição, não mais dentro d'água ou ligada à minha mãe pelo cordão. Quando meu pai se aproximou, reconheci sua voz, calor e cheiro. No seu colo, a existência parecia fazer sentido de novo. Hoje, entendo ter nascido com um corpo já cindido ao meio, um que precisaria se dividir em dois e mais pedaços de pessoa — como fazem os homens ao estudar anatomia — para só depois enfim ser gente. Ser infinito é começar e terminar inteiro.

AO LER ESTA HISTÓRIA, AINDA QUANDO ESTE LIVRO SE CHAMAVA *Camisa branca*, Paco cogitou me processar. Chegou a mandar o livro à mesma advogada que mediou a reconciliação com Mayara, concedendo a ele o direito de ficar com Theo aos finais de semana. Trocamos alguns e-mails e ele foi entendendo que o livro não era sobre ele, sobre mim ou sobre nós, mas sobre um homem tóxico e uma mulher vazia, uma combinação que nunca pararia em pé. A última vez que nos encontramos por acaso na rua, ele caminhava com o filho de cinco anos sentado sobre os ombros. Theo tinha um livro em mãos, apoiado sobre a cabeça do pai. Inaugurava na semana seguinte uma exposição com o título: *o início depois do fim*. Achei irônico que este livro estivesse terminando com um novo início para ambos, o que é muito diferente de um final feliz. Minha mãe sugeriu que em algum lugar eu deixasse claro que a narrativa é formada por um emaranhado de memórias pessoais e de terceiros, acontecimentos e criações, que não condiz exatamente com a história da nossa família. Meu pai disse que se eu estava feliz com o resultado, ele não tinha objeções. *Tanto político por aí falando besteira, por que você não pode falar as suas?* Perguntei também ao meu próprio corpo como se sentia em relação ao livro. Acordei com o rosto vermelho e inchado, vulnerável ao julgamento de uma sociedade que na Idade Média queimou as mulheres que tinham voz, atitude e opinião. Cogitei não mais publicá-lo. Talvez já houvesse cumprido seu papel, me levando a novas formas de existir. Então percebi, ao olhar muitas vezes meu reflexo deformado no espelho, que entre a resistência pela minha ousadia em colocar a voz no mundo e o recuo total pela negação do seu valor, existia ainda muito trabalho pela frente. Descamei alguns capítulos e abri espaço para uma nova pele: *o início depois do fim*.

AOS QUATRO ANOS, AVISEI A TODOS QUE AOS CINCO LARGARIA AS chupetas. Nunca mais lembrei que elas existiam até que hoje acordo com o gosto delas na boca. A língua de Paco diluída na mesma saliva desliza pelas minhas costas, do sacro à nuca, por dentro da espinha. Frente ao espelho sangram pela gengiva as decisões que meus dentes de leite demoraram para agarrar. Há mais de oito anos escrevo este livro. Experimentei muitas formas de costurar os capítulos como quem remonta o próprio corpo. Sei que tenho as raízes expostas. O rosto para fora d'água. Lubrifico minhas articulações ao me colocar no lugar de cada parte minha: ossos, carne, pele. Olho para cada pessoa, ser ou objeto, sem procurar por portas, pontas ou vazios. Foi um grão de areia quem me ensinou a palavra participação. Do desejo impossível e egoísta de penetrar o outro que nem separado (de verdade) é, a qualquer relação em que a separação deixe de existir, aparece um espaço – entre: é possível se misturar sem perder o contorno. Podemos nos unir sem deixar de ser livres, inteiros, fronteira, silêncio e espaço.

ANIMAIS TREMEM PARA LIBERAR SEUS TRAUMAS. VOCÊ LIBERA COMO OS seus? Talvez as risadas sirvam para isso: fazer tremer a barriga. Qual seria o contrário de trauma para você? Perdão, cura? Uma religação? Um acontecimento positivo sub.ver.si.vo? Encontrei num livro a palavra de origem grega *kayros*, que significa *tempo dos acontecimentos que mudam o curso do nosso rio*. Como a morte de um ente querido, um afogamento ou até mesmo a sorte de ver uma flor nascer. Não falo sobre eventos como escovar os dentes ou dirigir falando no celular, que pertencem ao tempo cronológico. *Kayros* reúne as *"condições favoráveis para que algo específico aconteça"* como um amor, mudança de casa, lançamento de um livro, uma gravidez. Me faz lembrar daquela frase que meu pai ainda gosta de falar: *o tempo vai mostrar*. A palavra *kayros* me coloca num lugar de humildade acerca do fenômeno da vida. Gostei desta palavra também porque me remeteu à outra, a de origem indígena – *kayapó* – que significa *pessoas que saíram do buraco ou poço d'água*. Desde criança, em sonhos, levo para baixo d'água as pessoas que mais gosto. Às vezes me expulso para lá como uma espécie de castigo. Na outra grande maioria das vezes funciona como um resgate. Embaixo d'água somos todos mais leves e nos movemos mais devagar. O diálogo acontece por meio de vibrações. É nadando dentro do útero de nossas mães que aprendemos a nos movimentar. Que criamos nossas primeiras coreograficas. Talvez o significado da palavra *kayapó* se refira ao *kayros* de sair do buraco. Sinto que este livro sai de dentro de mim da mesma forma que eu saio dele. Que fomos útero um para o outro. Que fomos penetrados e penetramos. Sempre muito molhados. Que fomos também orgasmo. Esta noite tive a sensação de que tua mão segurava e conduzia a minha. Era nosso o calor e a paz que de manhã invadiram meu peito? É possível que tenhamos dormido juntos? Lembro de ter te encontrado embaixo d'água. Dentro do sonho, eu te perguntava se nossa comunicação estava afogada. Tinha feito uma mala leve. Me sentindo pronta para viver e escrever de forma mais aberta e franca. Queria te mostrar um mundo diferente e novo, subaquático. Sua voz soava como uma música e você vinha na minha direção, dizendo que era seguro amar, sair e respirar. Então lembrei do dia em que só com a parte de baixo do biquíni mergulhei sem usar boias pela primeira vez. A água cobriu meu umbigo. O dorso. Os ombros. Entrei de cabeça e me abri pelo peito, criança-alma, vindo no sentido contrário da adulta-corpo, na minha direção – como a gente tinha combinado – lembra? Encontrar no meio do caminho.

EM UMA DE MINHAS VIAGENS A MANAUS, TOMAVA BANHO NO RIO NEGRO
com Jade, quando um boto pulou ao meu lado e bateu a nadadeira na
minha cabeça. Naquele momento tive a sensação de que meu cérebro
se moveu em direção ao lado direito do crânio, que ficou mais pesado.
Ao voltar à consciência, percebi ter sonhado com a casa onde morava
na infância. Precisava ajudar minha mãe a desocupar um quarto que
ficava na garagem. Não era aquele repleto de caixas e outras bagunças
que esvaziamos por último ao mudar. Ficava dentro da parede e dava
para o coração da montanha, onde provavelmente só havia rochas.
A casa estava toda vazia, só faltava aquele quarto, que sequer existia. Não
entendi o que o sonho significava, mas fiquei com a sensação de que
precisava voltar para a casa. Ela foi vendida pelo meu pai na época que
eu começava a escrever este livro. O dinheiro da venda veio picado e foi
sendo enfiado aqui, porque Virginia Woolf estava certa, afinal. Além de
uma floresta toda sua, uma mulher precisa mesmo de um teto todo seu.
Dinheiro para fazer pós-graduação, viajar para pesquisas de campo, com-
prar livros, fazer cursos, terapia. Morar, comer e se vestir. É preciso viver
enquanto se escreve. Parei em frente à casa e logo percebi que ela estava
dividida em dois. Exatamente ao meio. Cada lado se adaptou para ser
um lar diferente. Uma parte, pintada de vermelho com flores e adornos
coloridos, sendo governada por uma mulher que me convidou a entrar.
A outra, branca e preta com um carro na garagem, sendo governada por
um homem que estava de saída. Conversei rapidamente com ambos e pa-
reciam felizes e satisfeitos com suas vidas, suas casas e com a vizinhança.
Ao deixar minha cidade natal, pude sentir o calor que emanava dela. Tal-
vez o quarto dentro da parede fosse o meu coração, e não o da montanha.

ATINGIR O PEITO COM A ESCRITA É COMO UM TIRO AO AVESSO. FORÇA que suga os extremos ao calor do centro. Vontade de reescrever tudo agora sob nova luz, mas acolher cada palavra porque nos trouxe até aqui. Acariciar cada gesto. Enfim enxergar a costura que sustenta o romance: conselhos, colo, coragem. Os bastidores. Afinal somos nós aqueles por quem tanto esperávamos. Sentir o ar deslocado a cada página. O bater das asas, sendo viradas. Não sei se você sabe, pode parecer loucura, mas é a primeira vez que me relaciono com uma pessoa de verdade, não comigo mesma ou com minhas projeções. Em todas as páginas anteriores eu ainda não conseguia enxergar você. Talvez como os índios não viam os navios e os colonizadores, os próprios índios. Começo a perceber como é sofisticado o conceito de canibalismo, talvez a maior expressão da empatia. Convidar o inimigo para morar na aldeia, alimentá-lo para depois comê-lo, era antes de tudo aprender com ele. Algo relacionado ao gesto simbólico de comer o corpo e o sangue de Cristo que os católicos também praticam metaforicamente. Ao comer a carne dos inimigos que lutavam até o fim com bravura, os índios assimilavam suas qualidades. Quando ingeriam as cinzas dos seus familiares, os eternizavam. Ritualizar e comer a carne de um ser da mesma espécie é muito menos brutal que acabar com espécies inteiras para se alimentar, como fazemos nós, os seres "civilizados". Talvez o que faça com que sessenta mil mulheres sejam estupradas por ano no Brasil, em muitos casos dentro da própria família, sejam a falta da empatia e a naturalização do gesto de estuprar, primeiro o corpo da terra, depois os corpos das mulheres. Princípio exatamente oposto fez com que os nativos brasileiros resistissem ao trauma colonial: forrando de pertencimento a palavra terra, olhando com sabedoria para a palavra inimigo e respeitando a diversidade implicada na palavra parente. Dentro do meu corpo, opostos complementares se atraíam e se traíam continuamente. Culpa e dor, sempre misturados. Precisei comer, através de uma poesia, partes minhas que precisavam morrer. Quando nos encontramos pela primeira vez, você me deu uma carona e no caminho fomos conversando. Comecei a passar mais tempo na mata que na cidade. Algumas pessoas diziam que era fuga ou loucura, por mais que eu explicasse que era resgate. Que era cura. Um dia cavei um buraco e enfiei minha cabeça na terra. Abri as pernas ao céu, como fazem as árvores, para florir como os ypês e manacás, com a entrada da primavera. Tomei mais banhos de mar e cachoeira escrevendo este livro, do que no resto da minha vida inteira. Foram muitas as pequenas viradas. Neste dia, até o

próprio evento tinha este nome: *Virada Cultural*. Um voz negra cantava *Dia Branco* quando conseguimos nos encontrar e nos tocamos pela primeira vez. Se minha mãe não soube mensurar a doçura do meu corpo encostando no peito dela quando eu nasci, também não posso descrever a maciez que é nascer de novo aliada ao seu.

NA ETIMOLOGIA SÃO VÁRIAS AS EXPLICAÇÕES PARA O TERMO "CAIPIRA", de origem tupi: ka'a porá, "habitante do mato" – junção de caa (mato) e pora (gente). Ao contrário do caiçara, que é aquele que mora perto do mar. Caboclo da roça. Cócoras. Fumo atrás da orelha. Café com bolo à tarde. Pamonha e curau. Recolher o cavalo depois de aguar a horta. Um carro passando de cada vez na única avenida da cidade. Adolescência, estrelas e libidos exploradas no escuro do morro das sete curvas, atualmente batizado com o nome de meu avô. Perceber o humor das árvores. Encontrar terra no vão embaixo da unha. Modo singelo de viver, definir e se relacionar com o mundo. Entonação e dialetos próprios. Um peixe de mato, diziam os guaranis. Talvez por isso os jesuítas já percebessem que o nheengatu seguiria como língua literária, berço dos primeiros poemas brasileiros. Foi proibida pelo rei de Portugal mas resistiu, entre outras formas, através do dialeto caipira. Ainda que pouca gente saiba que ser caipira é ser um pouco índio e poeta também. Das trezentas páginas do único livro que encontrei sobre a história de Águas de Lindoia, apenas uma se dedicava aos povos que a habitaram por milênios antes da chegada dos europeus. A lenda indígena que conta sobre as propriedades curativas da água foi recortada do jornal Água Viva, primeiro periódico da cidade. Pelo que consta nele, foi uma índia *kayapó*, em sua enorme dedicação ao pai, quem descobriu as fontes e depois de conseguir curá-lo levou toda a sua aldeia à região. Ali foi fundando o núcleo que depois serviria de descanso aos tropeiros com destino a Minas. Mas o tapa-olho de couro que direciona o olhar dos cavalos na praça central da minha cidade faz mais livres os cavalos que têm a felicidade de servir, que os cocheiros que usam os cavalos para ganhar dinheiro ao distrair crianças, criando seu próprio cativeiro. Os índios foram sendo expulsos e assassinados pelos bandeirantes dois séculos antes dos imigrantes italianos chegarem para desenvolverem as termas e o turismo. Um século atrás, a terra havia sido concedida pela coroa a famílias portuguesas para o cultivo de café e cana-de-açúcar, época em que vieram os povos escravizados. Quando reencontrei Filó, depois de vinte e cinco anos de afastamento entre nós, ela contou que sua tataravó veio ao Brasil num navio negreiro, mas que nunca soube de que região da África saíra. Pedi à minha madrinha que me levasse até o sítio onde Filó estava morando. Comprei um bolo de cenoura com cobertura de chocolate parecido com o que ela preparava para mim. Quando cheguei, ela me esperava no portão com as duas mãos na boca, como quem ajusta a imagem daquela criança com quem conviveu e

a mulher que me tornei. *Minha primeira filhinha* – disse ao abrir os braços largos. E eu me encolhi no seu abraço como se pudesse caber no choro, no instinto. Como se pudesse ser ninada de novo. Voltar à forma mais primitiva de me comunicar. Chorávamos de soluçar e ficamos por um bom tempo grudadas uma na outra. Havia e não havia hierarquia, culpa, injustiça e resquício de qualquer vínculo empregatício. Encostamos nossas almas uma na outra, como pedaços de um só corpo que se fazia inteiro. Percebi que não há trabalho mais nobre e amor mais sublime do que o de alimentar outras existências a partir da sua própria como fizeram e fazem as amas, as mamas, as mães e os seios da terra. Não podemos mais praticar ou permitir as mesmas cisões e injustiças. O que muitos chamam de amor é apropriação, descaso e trabalho mal remunerado. No lugar em que trabalha como faxineira, ninguém sequer a cumprimenta ou fala com ela. Bonecas negras enfeitam a porta de entrada mantendo a lógica colonial. Filó se alegra, ainda assim, porque é imensa e acredita que seus esforços criarão um futuro diferente para sua filha.

DE CAIPIRA PASSEI A CAIÇARA COMO UM RIO QUE NASCE NA MONTANHA e deságua no mar. Adorava observar o continente de fora. Sentir as ondas reverberando. Remei muito, caí e me afoguei outras tantas vezes. Precisava encontrar um novo jeito de estar no mundo. Observei por meses os homens surfando. O mar também parecia ser deles. Ficar em pé sobre a água era quase bíblico. Segui não conseguindo, até assistir, por acaso, um filme em que uma mulher surfava. Ela colocava os pés na prancha, levantava e se movia exatamente igual aos homens, mas de forma totalmente diferente. E foi o bastante. No dia seguinte, usei o queixo para ajudar a empurrar o bico da prancha para baixo ao furar as ondas. Escolhi uma do meu tamanho e, quando senti a força dela, me coloquei de pé. Dessa vez de frente para a água e não para o continente. Encaixei o quadril, projetando meu peso para frente como faço ao dançar e encontrei uma forma redonda de levantar. Foi assim também com a escrita. Não havia na minha adolescência no interior, ou composição familiar, qualquer possibilidade de eu me tornar uma escritora. Não que alguém me proibisse. Apenas não existiam imagens compatíveis ou ambiente fértil. Na escola, uma professora previu. Eu fiz diários a vida inteira e minha mãe me deu exemplos correlatos. Ainda assim, só pensei nessa hipótese ao conhecer uma amiga de Paco que era escritora. Ler o livro de uma mulher como eu, e não de autores inatingíveis ou genéricos, me fez relembrar o quanto era natural para mim esse gesto. Aconteceu a mesma coisa com a menstruação. Meus ciclos se regularam quando parei de tomar pílulas e me juntei a quatro mulheres num coletivo que discutia feminismo e processo criativo. Antes de abordar questões práticas, fazíamos silêncio. Depois, uma rodada para que cada uma contasse como se sentia naquele dia, o que acabava em boas risadas. As que estavam ovulando ficavam com as tarefas criativas. As menstruadas eram preservadas. Meu ciclo foi se sincronizando com a lua quando resolvi me mudar de São Paulo e fui viver dentro da mata. Meus peitos inchavam durante a lua cheia, no momento em que também a seiva das árvores se concentram nas folhas e frutos. Percebi que as laranjas apareciam no outono para nos fornecer as vitaminhas necessárias para o inverno. Que as melancias apareciam não verão para nos hidratar. Que não eram por acaso as correntezas ou as tempestades. Foi por meio desse contato com a natureza que me voltei para minha mãe. Nascemos de novo como mãe e filha algumas vezes depois de adultas. Uma delas foi enquanto ela lia este livro pela primeira vez, se colocando no meu lugar. E eu reescrevia alguns trechos, me colocando

no lugar dela. Nossa relação não foi sempre flores. É uma floresta inteira. O que eu não podia prever quando comecei a escrever é que este livro me levaria de volta às minhas origens. Só ao amar meus pais e minha terra sem restrições, até mesmo em suas limitações, pude tomar meu corpo de volta e, com ele, a força vital que o gerou.

PEGUEI JADE NO AEROPORTO E SEGUIMOS DIRETO PARA BOIÇUCANGA. O quadril dela ocupava mais espaço do que eu recordava e agora tinha Ágata amarrada no corpo pelo lado de fora. Pelos pretos nas axilas e acima do bigode, o que a deixava estranhamente mais sensual. Uma liberdade fascinante nos gestos e na forma de sorrir em abundância. Mais calma, talvez por conta da maternidade. Nossos olhos brilharam ao se encontrar depois de tanto tempo. Me abraçou com Ágata no meio como fazia com Ina, sem pressa ou medo de fundir mundos. Sobrou muito pouco da Mata Atlântica se compararmos à Amazônia, mas a sua diversidade surpreendeu Jade já da estrada. Avistamos um grupo de tucanos e muitos manacás. Dessa vez me entregou uma cobra de madeira feita por Ina sem saber que desde a Amazônia comecei a sonhar com uma jiboia que se enlaçava em meu corpo. Que havia recém-descoberto que Lindoya, a personagem de Basílio da Gama, era encontrada assim também, morta, com uma jiboia enrolada no corpo, pelo irmão. Nos primeiros sonhos com a cobra, tive medo dela e, ao tentar entender racionalmente os símbolos e cores múultiplas que me apresentava, achei que poderia enlouquecer. Noutro, eu morria e via meu corpo sendo levado a uma aldeia do passado. Nos que se sucederam, ficava encantada com a potência da vida, que ela me fazia experimentar. Aquele animal parecia conter o acesso a meu corpo original. Reativando a matéria de que sou feita. Desde adolescente me intrigava o tal pacto de Eva com a serpente. Nunca achei justo ter que escolher entre adorar Maria, que engravidou virgem, ou a própria cobra que nos fez mortais. Combinei com Jade que já não convinha falar sobre Paco, que nessa altura já estava separado de Mayara. Ao chegar em Boiçucanga, Jade passou Ágata ao meu colo. Era muito leve e sorria, logo familiarizada com meus contornos. Gostou das minhas verrugas de bruxa. Apertava e depois soltava gargalhadas. Enquanto mostrava a Jade minha nova casa em Boiçucanga, lembramos que serpentes representavam a vitalidade dormente na base da coluna no Antigo Egito e na Índia. O próprio cipó usado por Ina para fazer o chá que tomamos em Manaus. E a união do princípio masculino e feminino no candomblé, com o nome de oxumaré. Ágata nos ajudava a tirar as folhas mortas e colocar na composteira. Percebi que éramos três mulheres e nos juntávamos para trocar carícias e podar árvores no quintal como faziam as antigas. Puta era o nome da semideusa da poda, filha da Deusa da agricultura na Roma antiga – deve ter vindo daí a palavra amputar. Segurei firme a faca e cortei sem dó o dia em que meu irmão mais velho me chamou de puta apenas

porque dei meu primeiro beijo. Quando um namorado fez isso, porque achou minha roupa curta demais para surfar. O dia em que outro irmão me disse que meus argumentos não eram válidos por não serem científicos ou racionais. Quando outro sentou sobre a minha cabeça e quase me afogou na piscina. Decepei as vezes que meu pai dizia que mulher, para ele, tinha que baixar a orelha. E por fim Paco, este decepei por inteiro, por nunca ter respeitado nosso relacionamento ou ter sido verdadeiro. Jade fez o mesmo, podando alguns arbustos enquanto me contava sobre seu bisavô ter tido um filho fora do casamento descoberto só depois que ele morreu. Que sua mãe sofreu transtornos alimentares graves por não aceitar o próprio corpo. Que ela mesma chorou de muita tristeza quando ficou menstruada pela primeira vez. Ao jogar todas as folhas mortas na composteira, deitamos leves numa canga. Ágata enfiava o dedo na minha boca, depois no meu ouvido. Me lambia para sentir o gosto da pele e depois apertava meu braço, como se eu fosse um brinquedo novo. Falamos sobre a importância dessas conversas mudas, que se dão através do corpo, como quando pintamos uma à outra na aldeia, dentro da tenda de Ina. Ágata pegou flores e enfeitou nossas barrigas, que tremiam junto com as gargalhadas após Jade contar que pintou o sexo de Noah com jenipapo. Que ele teve uma alergia e precisou ficar de molho em casa por dias com uma coceira absurda no membro. Pensamos ser um bom exercícios para os homens, aprenderem a encaixar o sexo no resto do corpo. Chamava de "ataque de risos" as vezes que costumava rir assim com uma prima na infância, brincando de ficar bêbada como a mulher louca da novela. Lembramos da lenda contada por Ina sobre o pênis de um homem que cresceu tanto que se arrastava pelo chão. Sua mulher construiu para ele um cestinho para pendurar ao ombro. Então ele alojava o pinto enrolado ali, para que não se sujasse tanto. Em outro mito, uma mulher é assassinada e desmembrada. Sobra dela apenas o clitóris, que se esconde em diversos lugares, zombando do seu assassino com piadas. Talvez fosse uma ótima ideia pintar com jenipapo o membro de Freud, por exemplo, que dizia que saias eram usadas pelas mulheres para esconder a falta que sentiam do falo. Ensinei a Jade sobre os anéis internos da vagina, que nos ajudam a ter mais presença nas partes internas e baixas durante todo o dia. Se tabu é uma palavra polinésia que significa sagrado, amputemos as hipocrisias e sejamos tabus por inteiro. Não desejemos o céu mais que o centro da terra.

SINTONIA É UMA SUCESSÃO DE SINS QUE SE DIZ, HÁ EXISTÊNCIA. SIM às minhas orelhas pontudas, às rugas ao lado dos olhos. À morte e ao equívoco, naturais à existência. Ao futuro que existe em toda criança, em especial na que me encontra em sonhos. Não quero mais te colocar n'outro, como se fosse meu pai, olhando para a TV, lacrimejando no canto dos olhos que me miravam quando contei deste livro. Que era muito sobre ele, partindo cedo vestido de branco, junto com a maleta de médico. Talvez tenha sido quando comecei a refletir sobre espaços. Respiração, ritmo e meditação. Gostar dos intervalos que encontro na poesia. Será que aprendi a partir, quando ficar ou voltar? Estou atrasada na leitura da prosa que meu pai escreveu, mas do pouco que escuto em voz alta valorizo e percebo o quanto vem dele o em mim você. A primeira vez que fui a sua casa, você me contava tão autêntico e possível sobre sua vida. Numa das paredes, havia uma imagem de uma ianomâmi carregando uma criança no colo. Na outra, um anjo grego abraçando uma mulher que sorria. Impresso na sua camiseta, por deboche, estava o Mickey de costas em completa desarmonia com a bermuda africana. Você é um conjunto de tudo aquilo que eu comecei achar possível aproximar. Foi para me integrar que comecei a escrever. Comecei a escrever para te encontrar. Será que podemos ser ao mesmo tempo cada vez mais selvagens e civilizados? Espontâneos e conscientes? Não sei se acredito no acaso, na sorte ou no destino. Acho estranha a palavra livre-arbítrio, escolher implica não liberdade. Mas se nos plugamos de forma tão natural, como não honrar o sol nos revelando a cada manhã d'outro lugar com (o) um corpo novo? Ao segurar este livro nas mãos, sua presença encontra a minha. Tem algo na respiração do texto que conecta nossos ritmos. Meus músculos com as engrenagens do romance. Nosso fôlego com os intestinos da história. Me faz relembrar o porquê de eu estar escrevendo: essa mágica do amor ultrapassar as barreiras do tempo. Eu daqui, agora, enquanto escrevo. E você daí, enquanto lê. Essa espécie de encontro marcado.

FAZIA MUITO CALOR EM BOIÇUCANGA ESTE DIA. VESTÍAMOS APENAS saias sobre os biquínis em homenagem a Freud e as risadas do dia anterior. Jade amarrou Ágata na cintura e caminhamos pela mata descalças, como fazíamos em Presidente Figueiredo. Conversamos sobre o quão egoísta pode ser o amor romântico. E como a família contemporânea se tornou uma célula densa que perdeu o lastro com o coletivo. Sobre como as redes sociais, com todas as suas contradições, representam uma nova noção de coletividade. Jade me lembrou que ainda somos capazes de fazer coisas incríveis pelas nossas crias, mas deixar outras tantas crianças na rua morrendo de fome e frio. Ver florestas queimando sem fazer nada para impedir. Etnias sendo destruídas sem nos alterar. Percebemos que as palavras se esvaziam quando não existe espaço entre elas. Chegamos então a uma cachoeira onde era possível entrar atrás da queda e depois relaxar numa banheira de hidromassagem natural. Levei Ágata comigo para a parte do riacho que naquele horário e época do ano formava inúmeros pequenos arco-íris. Tiramos os biquínis e depois do banho nos deitamos ao sol quietas e nuas, com Ágata entre nós. Ouvindo o barulho da água, percebi que fui gostando de Jade aos poucos, na medida que também ia gostando mais de mim. Aconteceu da nossa amizade ser sobre ecoar o que somos juntas: uma espécie de voo dentro d'água. Liberdade e acolhimento. Uma coragem de ser entrega e não exagero. Uma intensidade de ser presença. Jade amamentou Ágata, depois abriu as perninhas dela e me mostrou que ela tinha um pênis atrofiado no lugar onde fica o clitóris – um caso de pseudo-hermafroditismo na medicina ocidental. Ágata tinha ovários, útero e demais órgãos femininos. Jade contou que Noah ficou abalado, mas ela estava radiante por ter uma filha tão única. *Talvez ela seja um tipo evoluído de gente* – disse e gargalhou por ter se tornado uma mãe tão coruja. Na infância ouvi boatos sobre uma menina da escola que era hermafrodita. Fiquei muito curiosa para saber como era ter peito e pinto ao mesmo tempo. Tentava ir ao banheiro junto com ela. Imaginava como seria. Me identificava com essa liberdade de ser diferente. Lembramos de Ina contando que em sua aldeia, no passado, as hermafroditas eram as mulheres mais sensuais. Esfregavam seu membro atrofiado nos homens e eles ficavam extremamente excitados. Também contou que quando os brancos apareceram, elas começaram a ter vergonha dos próprios corpos como se fossem aberrações. Então eram enviadas para hospitais para serem operadas. *Definir nosso sexo pelo formato do corpo é como designar nossa utilidade: ou você serve para parir, ou para trabalhar,* disse Jade, consciente

dos preconceitos com que sua filha teria que lidar. Percebi que amar a diferença nos garante o direito de ser únicos. Olhei para a água e vi uma flor de manacá que boiava naquela parte do riacho. Lembrei de uma reportagem sobre flores ancestrais e compartilhei com Jade que as primeiras flores que existiram aqui na terra possuíam tépalas – estruturas bissexuais que não são nem sépalas, nem pétalas, mas uma mistura de órgãos femininos e masculinos na mesma flor. As flores unissexuadas que hoje conhecemos – e possuem apenas órgãos masculinos ou femininos – surgiram milhares de anos depois por alguma pressão ambiental que favoreceu a separação dos sexos. Se Ágata não era uma evolução, ela certamente era um ser ancestral. Talvez uma mistura das duas coisas. Nós a abraçamos entre nós e ela soltou uma de suas gargalhadas contagiantes. Jade se levantou e se moveu para o lugar onde havíamos deixado os biquínis. Gritou rindo que eles haviam sido levados pela água. Não era a primeira vez que isso acontecia comigo. Vestimos as saias e rimos ainda mais ao perceber nossa reação a um grupo de guardas florestais que apareceu: levantamos a saia para cobrir os mamilos esquecendo que estávamos também sem as partes de baixo do biquíni. Ágata começou a uivar porque adora imitar os bichos e nós três partimos pela trilha, faceiras. Jade usando a filha para cobrir os seios e eu usando um livro.

EXPULSO TODO O AR DOS MEUS PULMÕES E DEIXO NASCER O DESEJO de criar. Contei como primeiro dia de ciclo o dia vinte e dois do mês em que a lua estava cheia. A sombra nutritiva que desceu junto com o sangue se diluiu na água que devolvi à terra. Isso aconteceu porque estava escrevendo este livro, embrenhada na mata. Sabia que quando acabasse, voltaria a menstruar na lua nova. Perguntei ao meu corpo como manter relações recíprocas. Espinhas, cólicas, dores nos seios. Me odiei e te quis perto apenas para saciar desejos. Usei minha vaidade para identificar com clareza o que era merecimento. Plantei aceitação e reconhecimento junto com a palavra ritual que vem de *rtu*, termo do sânscrito que significa menstruação. Senti dores de cabeça e menos vitalidade, então escolhi uma música tranquila e aguentei o que restava do meu inverno dentro de uma banheira com camomila. Chá de sálvia com casca de abacaxi. Minguante, chorei por conta de um sonho cheio de vida. Alguns dias deixei de comer para escrever. Depois, tão concentrada e assertiva, peguei no roteiro deste livro e no mesmo dia fiz as edições finais que precisava fazer. Cheguei na lua nova sentindo crescer a libido. Meu corpo amado sobre o seu, ainda que cansado, tinha certeza de ser sagrado. Dentro de uma meditação enxerguei meu pai e minha mãe deitados no meu colo, com a cabeça em direções contrárias. Eu os agradeci com carícias. Tive certeza de que as crianças internas dos nossos pais têm idade para ser nossas filhas. Percebi que olhar para o passado com doçura facilita que o futuro se aproxime da mesma forma. Cresci como a lua, abrindo os braços. Dancei, cantei. Desenhei com palavras. Ritualizar a vida é o contrário de controlá-la ou desistir dela. É transformar o corpo numa plataforma para alçar voo.

A NATUREZA FAZ A ÁGUA, NÓS FAZEMOS A EMBALAGEM – ESTAVA ESCRITO no slogan de uma fábrica de garrafões no caminho para minha cidade natal. Ao passar pela avenida principal, relembro que foi meu próprio avô quem promoveu o saneamento básico dali. Vejo meu pai recém-formado, usando a água para curar seus pacientes no balneário. Meus parentes, na fonte, engarrafando água potável para distribuir. Lembro das reuniões onde, embaixo da mesa, os escutava discutir sobre as embalagens existentes no mercado. Minha imaginação de criança ficava pensando se a água ia gostar de ficar presa dentro da garrafa. Correndo por tubos de PVC sem encostar na terra. Sempre gostei de observar o caminho que a água fazia dentro do meu corpo. Muitas vezes sonhei ser água, correr por leitos, me deleitar ao infiltrar a terra. Cresci e sigo achando que as coisas têm alma. Que a maioria das cadeiras que sento já foram árvores. Que nos tornamos um pouco como bois em pastos com números estampados nas nádegas ao comê-los. Não consigo deixar de pensar no que significa distribuir água mineral em embalagens não recicláveis. Será preciso matar a água para que possamos matar a sede? Tecnologia só é avanço sem efeito colateral. Admiro a folha de milho usada pelos meus conterrâneos caipiras para embrulhar a pamonha, sem desperdício ou geração de lixo, seguindo sem saber nossa herança indígena. Será que até mesmo para enterrar nossos corpos precisamos estar embalados? Não é o próprio ato de ensacar a vida que faz com que ela perca o sentido? Quando penso que dinheiro é fluxo ou no quão sustentável pode ser a tecnologia, tenho certeza de que não são em si o cerne da questão, mas a serviço de quem ou de que estão. Troco preconceitos, síndromes, ônus, ganha-pão, guerras e neuroses por responsabilidade, vigor, trégua e amor. Menos Pão e Circo, mais Festas do Pão. Abundância, fartura, fertilidade e prazer. Se eu fosse Deus, escolheria ser grão, assim como Tara, Deusa budista, escolhi ser mulher, graça, adubo e retribuição.

"CUIDE DOS SEUS DENTES" FOI O ÚLTIMO CONSELHO DA MINHA AVÓ, enquanto eu lavava a sua dentadura. Ela me deu o primeiro banho e eu tive a chance de retribuir com seu último. Não sei dizer se ela contava sempre as mesmas histórias, ou se eram as histórias que pareciam ser todas iguais. Um dia segurei firme a palma da sua mão esquerda e observei os dois tendões levantados ao centro. A linha da vida que só começou de verdade depois que ele se foi. Nossas almas choraram juntas sob seu corpo enquanto esfriava. Na montanha onde foi enterrada, pude sentir o seu perfume numa flor. Deixei que ele circulasse – em outro tom de vermelho – pela minha corrente sanguínea. Senti meu sangue menstrual descer, de forma natural pela primeira vez, quando o corpo dela baixava para dentro da terra. Voltei ao seu apartamento e percebi que eu não era a mesma nos porta-retratos, embora pudesse sentir a presença dela ainda nas poltronas e nas cortinas. Vazia a cama afundada do lado esquerdo, onde por tantos anos se deitava, mesmo depois que ele se foi. Durante a noite eu tinha os joelhos grudados no rosto. Não sei se feto ou velha. Girava numa massa de água circular que se retroalimentava, aproximava e afastava pessoas, onde eu era, ao mesmo tempo, partida e chegada. Percebi que perdoar é como morrer: um gesto singular de aceitação e ação. Força e entrega. Humildade e respeito. Quiçá uma forma de proteção. Existe alguma outra forma de sermos totalmente livres? Que coisas você resiste em deixar morrer e a quais nega dar vida? Minha avó dizia que quando eu tivesse um filho ou uma filha tinha que ser ela a dar o primeiro banho. Ao nos deixar antes disso, abriu espaço para novas combinações como esta da minha vida encostar na sua. Cada vez que alguém chega até este capítulo, ela suspira porque agora vive através de mim. Assim como outras tantas heroínas, bruxas e ativistas foram mortas ou se foram, sem serem reconhecidas. Escritoras, mães, faxineiras, macumbeiras. Parteiras e cozinheiras. Semearam o solo em que nascemos agora juntas. Esta noite vi nossas raízes se entrelaçando e algo parecido com o sol nos impulsionava do centro da terra. Se um dia fomos inimigas, hoje podemos nos curar. A luz da lua nos entrava pela copa, refletindo nas águas de um ventre único. O novo mundo era o mesmo. Mas um outro mundo novo: o nosso.

PESSOAS COM GRANDES ORELHAS NÃO MORREM FÁCIL, AFIRMA MEU PAI.
Tem vocação para atender idosos, ao contrário de minha mãe, que foca
nas crianças. Percebeu, por meio de sua experiência como médico, que
são sempre as mulheres que cuidam das pessoas: tanto crianças quanto
idosos. Trabalho não remunerado como o da natureza, nas contas tortas
do capitalismo. Será que também os romances se perpetuam no tempo
quando têm orelhas carnudas? Essa teoria meu pai desenvolveu ao obser-
var o corpo dos seus pacientes. A relação entre orelhas e corações. Ouvir
e amar talvez se pareçam um pouco a ler e escrever. Com o diálogo entre
concha e mar. Certo dia meu pai acordou e não se lembrava mais dos
últimos três anos de vida. A perda da própria mãe ou o nascimento de
três netos. A memória voltou rápido, mas o hiato que vivemos por causa
da separação não volta mais. Resolvemos caprichar na intensidade dos
encontros. No dia em que fizemos uma pratica de yoga juntos, percebi
que ele só consegue ficar equilibrado sob o lado direito do corpo e só
respira pela narina direita. A barriga empurra o umbigo para fora como
se quisesse expelir qualquer resquício do cordão. A palavra diástase signi-
fica afastamento anormal entre dois elementos anatômicos que deveriam
estar conectados um ao outro. Quando pedi que ele fechasse os olhos para
meditar e repousasse as mãos sobre as pernas, ele juntou as pontas dos
dedos como fazem os italianos para falar. *Capicci?* E nós tivemos câimbras
de rir por ele achar que aquele gesto serviria para meditar. Ao finalmente
vestir, eu mesma, a camisa branca do meu pai, percebi o quão dele é o vo-
lume que seu corpo carrega: alegrias e dores. Dizem que se chama alma o
papelão que encontramos dentro das camisas que vêm engomadas das lo-
jas. Há muito tempo meu pai não usa camisas brancas. Veste suspensórios
por baixo do jaleco cujo verde lembra os olhos do meu avô.

NA PRIMEIRA VIAGEM QUE FIZEMOS JUNTOS, NOS VI DOIS ADULTOS solitários mendigando embaixo da ponte, sem ter muito o que perder. Depois duas crianças ingênuas, tateando o jeito uma da outra. Durante as massagens, sem muito esforço, suas mãos amaciavam meus contornos e meus pés deslizaram sobre seu corpo. Quebrei os dois ovos que você colocou, em cada uma das minhas mãos, depois que esmurrou a batata cozida que coloquei frente às suas. Quando vi a gema intacta que sobrou em uma das cascas de ovo, achei que ela era um pouco como nós: possuía a delicadeza dos começos e a firmeza da entrega. Passei a gema para sua mão com cuidado, ainda lubrificada pela clara. Lembro quando você a aproximou do nariz e depois me devolveu. Fizemos isso algumas vezes. Em vários momentos, a gema parecia prestes a estourar. Ao contrário, formava uma espécie de elo entre nós. A palavra homem tem raiz no latin HOMINEM *de "terreno"e a palavra mulher tem raiz no latim* MULIER de *"mole".* Era virada de ano e estávamos numa casinha isolada no alto de uma montanha, livres para perambular nus pela casa. Deitei na esteira sobre a grama e você resolveu colocar a gema mole sobre meu útero. Era úmida como minhas partes íntimas. Logo escorregou para o umbigo, se movendo junto com a minha respiração. Depois para a concavidade entre meus seios e finalmente para a garganta, onde se rompeu sobre a minha cicatriz criando um anel que depois se infiltrou na terra. Não sabíamos, racionalmente o que aqueles rituais significavam, mas talvez o meu esforço em quebrar o ovo tenha sido tão importante para mim quanto para você foi dosar a força para esmurrar a batata, sem saber que já estava cozida. Foi nessa viagem que entendi que é possível ser mole por dentro, e, ainda assim, ter contorno. Adormeci com o coração encostado no seu sexo e quando acordei percebi que eram feitos da mesma matéria: o fogo estalando a lenha.

NA VIDA UM SÓ AMOR, DIZIA O IMPRESSO DE VELÓRIO COM A FOTO DO meu avô. E assim viveu minha avó materna, mantendo a promessa de fidelidade mesmo depois que ele se foi. Abdicando de ser mulher. Sendo mãe em tempo integral. Guardando o peito do frango para meu pai a cada almoço de família, mesmo depois que se separou de sua filha. Cobrando e ensinando a mesma postura a nós. Sempre admirei essa firmeza nos princípios, a integridade. Depois passei a condená-la. Por anos, romantizava o casamento. Depois passei a desprezá-lo. Por anos imaginava que tudo na minha vida daria certo automaticamente, depois achei o contrário. No vai e vem desse pêndulo fui percebendo que a domesticação e a revolta são faces da mesma moeda. Nos corrompem igualmente. De uma mulher limpa, domesticada e educada, passei a brava, inflamada e revoltada. Para só depois deixar meu corpo me contar que eu estava cocriando a história. Que não precisava mais acreditar nas coisas que diziam sobre mim. Me tornava enfim sujeito, e não precisaria mais me sujeitar. Quando fui pedida em casamento por um de meus namorados, o pedido veio em forma de chantagem. O pânico de repetir histórias passadas foi tão grande que aquele acontecimento se tornou um pesadelo. Me enxergava em sonhos com outros homens. Outras vezes sendo traída. E o triângulo latejava, inflamando meus restos, afastando cada vez mais minhas partes, uma da outra. Seria possível ser fiel? Não ser traída de novo? Ter somente um amor a vida toda sem sacrificar a identidade? Seria este mesmo o cerne da questão? Talvez o triângulo, assim como a cobra, condenados pelo catolicismo, não fossem o problema, mas sim a solução. Joguei ao mar o anel que era símbolo de amor e fidelidade, mas veio cheio de posse, neuroses e autoridade. Hoje cultivo outros três – internos, pequenos e baixos – que se agarram ao seu corpo com a mesma força que, ao te soltar, nos permite gozar juntos.

NA SEGUNDA VEZ QUE NOS ENCONTRAMOS, VOCÊ ESTAVA HOSPEDADO num hotel na Avenida Paulista, de passagem por São Paulo. O quarto era amplo e tinha uma enorme janela de vidro que dava para a rua. Não entendia como uma voz tão grossa podia fazer vibrar de forma tão gentil os meus tecidos. Me afastava do sentido das palavras para deixar que elas fossem apenas o sotaque mineiro, calma e chão. Meu corpo subia e descia no seu ritmo como se boiasse. O peito, um mar aberto. Acabada de voltar da Amazônia, trazia na mochila um estojo com jenipapo e carvão. Era fim de tarde e a luz estava dourada. Não lembro de quem foi a ideia, mas abrimos as cortinas, colocamos a câmera sobre o tripé e tiramos as roupas. Com um pincel desenhei olhos em suas escápulas, como Ina havia me ensinado. Ao te virar, baixei sua cabeça de forma suave, como quem pede à razão que descanse. Seu sexo ainda mole me lembrava frutas maduras. Seus mamilos arrepiaram. Na parte da frente, criei raiz em seu peito, brotando pela barriga até florir em seu sexo, que só então enrijecia como um antúrio. Você ligou as pintas das minhas costas formando constelações. Das covinhas das minhas nádegas, desenhou um triângulo apontando para o cóccix. Ressaltou a minha mancha de nascença. Passou a língua entre meus dedos como uma criança curiosa. Nas minhas axilas, como quem evoca a virilha noutras partes do corpo. Acariciou as laterais dos meus seios. Depois, usando a parte mais líquida da tinta, escorregou da minha cicatriz na garganta por entre os seios até a virilha. A essa altura, o quarto já havia se tornado uma estufa. Sabíamos que havia milhares de olhos passando frente a janela, mas ninguém realmente podia nos ver. As pessoas caminhavam rápido e de forma alienada pela rua. Nos fotografamos primeiro separados, um pelo olhar do outro. Depois juntos, com a câmera no automático. De costas, de frente, envergonhados. Depois ridículos, destemidos. Lado a lado. Delirantes como os personagens principais de um filme latino que passava na televisão. Neste dia você entrou em mim como quem decide entrar na vida. Sem medo de espalhar suas sementes nas minhas terras férteis. Percebendo-se seivas e gemidos. Gargalhamos ao voltar à realidade. Fomos pegos no flagra a cada luz que incidia pela janela. Nossa presença tomava o quarto. Esta foi uma das coisas que mais me atraiu em nosso encontro. Não ter medo do silêncio. Das verdades que ele revela. Dos espaços entre nós e das palavras. Da noite e dos sonhos. De virar até mesmo as melhores páginas.

ENCONTREI A FILHA DE FILÓ EM FRENTE AO ÚNICO SUPERMERCADO daquela zona da cidade num subúrbio do Rio de Janeiro. Fomos juntas a um boteco que ela conhecia. Mila era mais alta que eu, cabelos volumosos bem trançados em estilo afro, negro na raiz e loiro nas pontas. A palavra Capitu tatuada na altura da clavícula. Macerava entre as mãos algumas folhas de menta, que me ofereceu abrindo um sorriso. Éramos duas que ainda guardavam os hábitos da roça, para Mila reforçados pelo candomblé. Caminhamos juntas ao boteco de esquina e pedimos uma cerveja. Confessei estar precisando de uma pinga. Concordamos e o garçom logo nos trouxe duas doses, uma Gabriela e uma Maria Isabel. *Sempre bom estar rodeada de mulheres*, disse o garçom como quem pede licença para se insinuar. Ignoramos. Eu era bem pequena quando Mila nasceu e não me lembrava de muita coisa. Ela disse não conseguir esquecer do seu primeiro tombo, os joelhos ralados e eu assoprando sua ferida para tentar amenizar a dor, que acabava por piorar. Que até hoje dormia numa cama que foi minha quando criança. *A vermelha?* – perguntei. E tomamos o primeiro gole para amolecer as memórias. Perguntei sobre a tatuagem e ela disse que gostava de ler. Começou a concorrer em SLAMS de poesia desde que se mudou para o Rio. Me contou que fez faculdade de contabilidade e que ganhava dinheiro trabalhando no supermercado em frente à sua casa. Gostava da profissão, mas queria seguir escrevendo, que fazia isso desde a escola. Durante anos morou com Filó na roça. Mudou-se para o Rio com o marido, branco como eu, depois que se casou. Tirou da bolsa um espelho quebrado que jogou luz na minha cicatriz da garganta. Enquanto ela passava um batom vermelho, expliquei que aquela cicatriz era a minha segunda boca. Que eu também gostava de escrever. Pedi o batom emprestado e passei sobre o queloide na garganta. Rimos. Estávamos prontas para a festa, afinal. Pela primeira vez, eu era a única mulher branca numa festa. Mila me apresentou algumas amigas e seguiu para a pista onde encontrou outras mulheres de pelve e voz solta. Carne, massa, corpo, respiração, suor. Se eu havia desenvolvido certa habilidade em falar com as águas, Mila tinha aprendido a caminhar sobre elas, profetizar. Ao recitar, me deixou com o corpo todo arrepiado.

UM PASSO PARA TRÁS. OS BRAÇOS ABERTOS NA ALTURA DOS OMBROS e o quadril encaixado. Com uma das mãos alcanço a perna e com a outra, aponto para o céu, respirando pelas minhas três pontas. Demorei para entender porque me sentia tão confortável na postura trikonásana nas aulas de yoga. Lembrei que quando pequena já desenhava pirâmides. Uma delas fiz para ser minha casa, com flores nas janelas e duas escadas em espiral nas laterais. Não sabia que existiam proporções áureas. Nem que moraria dentro de um triângulo amoroso por boa parte da vida. Que essa questão se tornaria objeto de estudo. Ou será que escolhi meus pais por conta disso? Durante minha estadia na Amazônia e depois na Mata Atlântica, fui percebendo como o círculo, presente em tudo na natureza, validava as curvas do meu corpo. Toda vez que voltava para a cidade, saltavam as formas quadradas, racionais, tão masculinas, que me agrediam: a maneira como resolvemos construir o mundo. Ao perseguir as linhas retas, sempre me perdia. Quando você me contou que durante a infância brincava de desenhar a casa onde moraria quando seu pai ganhasse na loteria, e que ele prefere jogar a trabalhar para construí-la, percebi o quanto este livro também tem a ver com você. O triângulo, tão presente nas culturas hindus, budistas, egípcias e babilônicas, representa aquilo que ainda não temos: a integração entre opostos. Quando Ina desenhou triângulos em meu corpo imitando os formatos existentes nas escamas das cobras, me percebi mais apta a me entregar nos momentos em que era preciso sentir, e a pegar as rédeas da situação quando era preciso me posicionar. Deitada de bruços, encaixei o cóccix para dentro e pressionei o osso púbico contra o chão, empurrando o tronco para cima com as mãos. Ao me colocar na postura da cobra, fui obrigada a viver um triângulo amoroso interno. Parar de me trair ou enganar com meias-verdades. Tomar responsabilidade pelas minhas próprias fricções. Hoje seu corpo, quando toca o meu, me faz transbordar. São instantes únicos em que a separação deixa de existir reforçando, através do prazer, o sagrado. Existe uma flecha entre nossas pernas, apontada para nossos peitos dizendo ao ego diariamente: morra! Ao que ele responde diariamente: não. E seguimos reféns da nossa própria separação.

NA ÚLTIMA VEZ QUE JADE VEIO AO MEU ENCONTRO EM BOIÇUCANGA, tive a sorte de conhecer também a filha de Ina, uma mulher de estatura baixa e cabelos volumosos. Exímia pintora de corpos e cerâmicas, mas também formada em advocacia e filosofia. Ela ficou por quinze dias em minha casa em São Paulo. Numa de nossas andanças pela cidade de pedra, comentou sentir pena dos brancos pois, mesmo sendo parentes de pele, pareciam não conhecer uns aos outros. Nem mesmo quando eram da mesma família ou moravam no mesmo prédio. Me contou que seu irmão mais velho, filho de Ina, havia sido assassinado por fazendeiros quando tinha apenas vinte anos. Que sua mãe chorava a morte dele diariamente, já que seu corpo nunca foi encontrado. Que muitos em sua aldeia de origem morreram ao pegar nossas doenças estranhas. Deca escolheu estudar advocacia para fazer justiça. Me explicou que existe uma grande diferença entre as lutas que sempre ocorreram entre povos indígenas e as nossas guerras. Para seus antepassados, um inimigo morto bastava para selar os acordos. Não era como a guerra entre brancos ou com brancos, em que se mata o maior número possível de pessoas de forma fria e indiscriminada. Escolheu estudar também filosofia para não terminar como parte de seus parentes, obrigados a dizer amém a igrejas evangélicas, abrindo mão de suas crenças e formas de enxergar o mundo. Acuados entre um passado que não volta e um futuro ao qual parecem não terem sido convidados, muitos se convertem por temerem o fim do mundo. Deca, ao contrário, é bastante esperançosa. Lidera encontros em sua casa em Presidente Figueiredo para tratar de temas como desmatamento, literatura indígena e para instruir jovens sobre seus direitos. Lidera uma pesquisa na aldeia em que mora Ina, onde estão reformulando o conceito de escola indígena. Após alguns dias comendo juntas e conversando muito, me propôs uma dinâmica que chamou de "corpo-original". Reuni algumas amigas dentro de uma escola de yoga. Jade e eu preparamos o ambiente defumando algumas ervas. Deca soprou sua mistura de raízes e tabaco em nossas narinas e depois colocou uma música que começava com tambores. Reconhecemos quando disse em sua língua *mulher-inimiga-dançar*, como havia feito sua mãe quando a visitamos pela primeira vez na Amazônia. Por um instante achei que aquilo não fosse funcionar. Éramos um bando de mulheres brancas e domesticadas. Nada mais que massa e água. Depois nos vi barrigas no chão, umbigos entrelaçados, um mesmo corpo-serpente, gargalhando por achar engraçado demais ser gente. Percebemos que a força que nos balançava era a mesma

que trepidava a chama de uma vela acesa. Dançamos de olhos vendados. Depois, sem as vendas, uma de cada vez no centro da roda. Os tambores nos davam vontade de entrar para dentro da terra. Com o barulho da água, movemos tudo aquilo que ainda nos paralisava. Choramos. Respiramos ofegantes e soltamos gemidos diferentes. Éramos mais de vinte e percebíamos, juntas, que aquilo que nos atormenta também nos faz incandescentes. Em certo momento gritávamos desesperadas como se estivéssemos sendo queimadas. Já sem saber quem dançava, atraímos uma da outra o melhor de cada. Contaminadas pelo êxtase de um canto nosso, nos percebemos regentes da vida e da morte. Que todo fenômeno é feito de entrega e não apenas de ação, assim como a música é feita de silêncios e não só de som. Que força não é sobre autoridade, tem muito mais a ver com paixão. Que cada corpo tem seu tempo, ritmo e vibração. O de begônia um. Das bromélias outro. Das árvores que encurvam, um outro ainda. Das que andam é tão dilatado, que perceberíamos finalmente o quanto somos acelerados. Existe o tempo que o sol leva para se pôr. A vibração de cada formiga ou tipo de tambor. Existe o ritmo que leva cada pessoa para se perdoar. O tempo das secas. O ritmo das baleias. De cada livro para ser escrito. Lido. O tempo da libido. A vibração que emitimos quando queremos afastar um predador e aquele perfume que soltamos para acasalar. Já é tempo acreditar na própria natureza e voltar a sentir.

SE VOCÊ PUDESSE BEBER SUAS PRÓPRIAS PALAVRAS, SERIA HIDRATADO, intoxicado ou ficaria alcoolizado? Sempre gostei das festas que dava comigo mesma enquanto escrevia. Durante as primeiras, me embebedava. Era difícil ficar sozinha. Presa para fora do próprio corpo. Foi preciso construir a intimidade. Um dia liguei o abajur e fiquei brincando de me aproximar e de me afastar da minha própria sombra projetada na parede. Dancei com ela até dissolver em lágrimas e suor a armadura. Quando mergulhei naquilo que tinha medo, encontrei o contrário do que temia. Dançar a convite dos instintos é dar vida às águas que moram dentro. Aos sentidos. Lembrei de Ina me pedindo para soltar os olhos, sugerindo que tinha o olhar preso. Sabia que enquanto falava de Paco ou sobre meus pais, contava mais de mim do que deles. Gosto da semelhança entre a palavra tomar, de beber um líquido, e tomar, de pegar de volta. Quando recebemos uma coisa, ela ainda não é nossa até que a tomemos. Me esparramei tantas vezes no chão que aprendi a unir meus pedaços como fazem as gotas d'água ao se encontrar. Colando um capítulo no outro, tomei corpo e forma. Se viemos todos de um lugar embaixo d'água e para lá voltamos ao morrer, como havia dito Ina, talvez pudesse ser assim também o processo de terminar este romance. Voltei à minha cidade natal, entrei numa banheira com água medicinal e me perguntei sobre a força de que um rio precisa para romper a terra. Não seria a mesma coragem da primeira palavra que colocamos no papel ao começar a escrever? Percebi que algo no teor da água a faz potável ou cristalina como acontece também quando combinamos palavras. Talvez o que une o primeiro capítulo de um livro ao final seja a mesma cadência que faz com que a água que nasce na montanha atinja o nível do mar. Fazendo o caminho contrário, escrevi sobre minhas origens por último. Será que o rio quando atinge o mar deixa de ser doce por que o romance acaba? Já não importa. Sei que, na água salgada, o corpo doce do meu amor sabe boiar. Não tenho mais medo de acabar. Evaporar. Chover. Infiltrar. Romper. Me voltar ao mar.

FAZIA UM FRIO AGRADÁVEL, A LUA ESTAVA CRESCENTE E AS ÁRVORES marcavam a presença da primavera, espalhando flores pelo chão de areia. A pista de dança era no centro de um terreno encostado no mar. No canto esquerdo havia uma fogueira. A banda era formada somente por mulheres e tocava uma mistura de carimbó e forró. De dentro de um abraço começamos a nos mover, tateando o tempo um do outro, procurando por um ritmo que pudesse ser nosso. A forma cuidadosa como você se encostava em mim me fazia confortável para fechar os olhos e me entregar à natureza do nosso encontro: essa conspiração silenciosa que passa distante da ousadia de querer controlar ou entender. Sua pele em contato com a minha me afirmava e me impulsionava, a um só tempo. Quanto mais claros e firmes eram os seus passos, me indicando direções com os braços, mais meu peito se expandia e meu quadril se mexia como se parte de um novo esqueleto, ressonando os movimentos dos seus pés e deixando para trás velhos vícios. Quando a razão tentava te roubar a presença, eu aproximava nossas mãos do seu peito e arredondava nossos movimentos. Minha pélvis tirava seus pés dos lugares-comuns. Quando você percebia que eu estava me distanciando do chão, me derrubava para trás com os braços, me fazendo gargalhar. Entre uma música e outra, era possível ouvir o barulho das ondas batendo nas pedras. Às vezes a àgua respingava na pista e baixava o pó que o arrasta-pé levantava. Tive a sensação de que o meu corpo e o seu eram rios que se uniam antes de chegar ao mar. Você enfiou a sua língua na minha orelha me fazendo lembrar de um sonho subaquático no qual nossos corpos exploravam movimentos tão livres quanto nossas línguas, dentro da boca um do outro. Te puxei pelo braço e te levei para um canto escuro da praia. Tiramos as roupas espalhando as peças pela areia. Você pegou na minha cintura e me levou para dentro d'água. Deixamos as ondas nos conduzirem. Parte e todo em ebulição até coexistirmos por segundos formando um corpo novo que deslizou sobre as águas tomado por espasmos, um céu sem nuvens e mentes sem pensamentos. Ao caminhar de volta para a festa depois de vestidas as roupas, eu ainda tinha os cabelos molhados e um gosto salgado na boca. Percebi nossa presença no meu corpo, então prendi a respiração, como você faz ao me beijar. Aquela mágica que me ensinou de mergulhar o momento, criar espaço e tempo. Fazer o mar caber numa concha.

PÓSFACIO

Assim como os grãos, as pessoas precisam conhecer sua origem, a fala que habita em cada semente. Todo ser que consegue escutar a voz do silêncio ouve as suas verdades. Há uma ponte existente entre o conhecimento visível, letrado, e o saber que habita as profundidades dos cantos, danças, trançados na complexidade da arte e espiritualidade dos povos nativos. É necessário, no entanto, romper as barreiras da aparência. Porque enquanto alguns ficarem se baseando – e presos – no não ser das coisas (as aparências), jamais chegarão à dimensão maior do verdadeiro conhecimento: a sabedoria dos que conseguem sentir a própria sombra.

Com o corpo inteiro vem como um sopro de vivências, anseios e metamorfoses de uma alma inquieta que busca o entendimento de sua memória ancestral e a cura de pegadas disformes impostas por uma sociedade contraditória e dispersa.

Os sonhos dizem, mostram e encantam nossos dias e nossas noites. Através deles busco minhas intuições mais íntimas para guiar e iluminar os sombrios pensamentos que hora ou outra pairam em minha imaginação.

Houve uma noite fria em que mergulhei em busca de entendimento e, para minha surpresa, a grande mestra lá estava em seu trono sagrado. Sentada a me esperar nas longas caudas da Samaúma com sua flauta e seu Maracá. Em poucas palavras ela foi tecendo meus pensamentos, revelando caminhos, me orientando e mostrando a incrível delicadeza que habita na simplicidade das coisas. Meu espírito então voou e percorreu vales e montanhas. Bailou, rodopiou e sentiu a profunda liberdade que reside na morada sagrada dos espíritos. Não há saber maior que o Amor.

A rainha das florestas conhece amplos segredos: a ciência dos mistérios. E me aguardava para, junto dela, prosseguir com a cantiga. Soprar poesia para os quatro cantos. Colorir e massagear os seres da Terra, cansados e encolhidos em solidão e falta de entendimento.

Oh, seres caminhantes, despertai desse sono profundo para sentir a saborosa magia que mora no silêncio cantante dos teus próprios suspiros!

Desse encontro poeticamente narrado sobre o corpo e a alma que falam e se encontram em tempos que percorrem a memória, surge a cura. Surge o sopro do cachimbo, o sopro do rapé, o sopro do amor. As palavras e as canções ecoam do universo interior, das inquietações íntimas de nosso Ser. Limpam, aliviam e dissipam as mágoas e as ansiedades. Embora a Maldade exista, ela não é nada comparada à força que habita a fumaça das medicinas sagradas. O sopro é um impulso: palavras em movimento. Ele ecoa em profundos momentos. É necessário cantar mais e proferir mais palavras de amor. É necessário soprar cura a tudo e a todos porque a ilusão insiste em perseguir a matéria humana, viciando e entorpecendo mentes com falsos quereres e estúpidos julgamentos. O verdadeiro Amor habita na sensível sabedoria das pequenas coisas, dos pequenos atos, das profundas ensenhanças dos sonhos e das crianças que nos revelam a extraordinária beleza de ser e existir plenamente.

O sopro me inundou a alma nessa noite silenciosa e fria. Pude ver sua bela forma, serena e tranquila, me apurando os sentidos. O sopro me curou, me aliviou e me alegrou. O sopro me faz seguir poetizando ao amanhecer. As cantigas do bem viver.

CRIS TAKUÁ
Filósofa, educadora, ativista indígena e poeta

AGRADECIMENTOS

A Exú e Ganesha, por abrirem e protegerem as entradas desta casa. A Nhanderú, por me mostrar o inteiro em cada pedaço seu. A Oxum, Yemanjá e Lakshimi. Às práticas e medicinas ancestrais, em especial o yoga, nixi pãe, rapé e wachuma. Para Xangô, Omolú, Oxalá, Oxossi e Oxumaré. A Maria, Madalena e à santíssima trindade. A Shiva, Brahma e Vishnu. Para as terras onde escolhi correr, arder e respirar: Águas de Lindoia, São Paulo, Amazônia e Boiçucanga. Aos objetos, palavras e animais encantados desta história. Às terapeutas Jussara Paglioni, Andrea Ferrari, Morena Cardoso, Cristine Takuá, Sonia Maria Losito, Alexandra Caymmi, Luciana Cintra, Irene Cotrim, Maria Angélica Soares, por me fornecerem ferramentas de transformação. À TSFI – terapia sistêmica fenomenológica integrativa. Aos meus pais, Cyrilo Emílio Zuccon Mantovani e Sonia Maria Losito, pela vida. A Fernando Souza Lima Araújo, pelo amor. Aos meus avós: Adolfo Mantovani, Ignês Zuccon Mantovani, Yolanda Clara Losito e Francisco Losito, pelas estruturas que me constituem. A Tiago Losito Mantovani, Caio José Losito Mantovani, Diogo Losito Mantovani e Luigi Calderaro Mantovani, por crescerem comigo. A Louise Linder Mantovani, Bia Passoni Mantovani e Fabiana Okamoto Mantovani. Aos meus sobrinhos: Tomás, Lorenzo, Luiza, Mariana, Pietro, Marco Antônio e Victório, por me ensinarem tanto. A Odil Martins Filho e Luciana Calderaro, pelas pessoas incríveis que são e por terem me apresentado novas versões dos meus pais. Aos meus padrinhos Maria Emília Mantovani Ruggieiro e Achilles Mantovani Ruggieiro. À Biblioteca Municipal Germano Gelmini, pela abertura ao projeto. A Maria Ignez Zuccon Mantovani, pela inspiração no fomento à cultura e por ter me doado o computador em que terminei de escrever este livro. A todos os meus familiares, pela amorosidade que circula em nosso sistema familiar. A Audrey Lilian Araújo, Fernando Mario Araújo e Janine Araújo, pelo carinho e acolhimento. A todos os livros que me trouxeram recursos e inspiração, em especial as publicações de Sigmund Freud, Maurice Merleau-Ponty, Marcelo Ariel, Darcy Ribeiro, Peter Sloterdijk, Juliano Pessanha, Peter Pal Pelbart, Silvia Federici, Wilhelm Reich, Ute Scheub, Eduardo Viveiro de Castro, Ailton Krenak, Davi Kopenawa Yanomami, Timóteo Verá Tupã Popyguá, Eva Pierrakos, Judith Saly, José Paulo de Campos e Silva, Tatiana Salem Levy, Clarice Lispector, J. M. Coetzee, Marçal Aquino, João Paulo Cuenca, Mia Couto, Isabela Figueiredo, Han Kang, Rebecca Solnit, Clarissa Pinkola Estés, Thaís Vilarinho, Aline Motta, Grada Kilomba, Noemi Jaffe, Alberto Acosta, Aline Bei, Aparecida Vilaça, Robert Fisher, Susy Freitas, Gabriel García Márquez, Márcio Souza, Julián Fuks, Lydia Davis, Virgínia Woolf, Sobonfu Somé, José Eduardo Agualusa, Haruki Murakami, Valter Hugo Mãe, entre outros. A Roberto Taddei, Márcia Fortunato, Reynaldo Damázio e todos os professores da pós em Ficção (Instituto Vera Cruz) e do CLIPE (Casa das Rosas). A todos os amigos, colegas e escritores que me acompanharam nesta jornada, em especial os que chamo de "osados", "falcatruas", "friccionais" ou encontro na "curva de rio". À Lizandra, por acreditar no meu trabalho. À Sheyla Smanioto, pela revisão criativa e profissionalismo. A Paulo Chagas, do estúdio Bloco Gráfico, pelo afinado projeto gráfico e carinhoso atendimento. A toda a equipe da Pólen Livros. À Gabriela Aguerre, por fazer ecoar a singularidade do romance na orelha. A Mariana Félix e Mariana Bandarra, pela inspiração e parceria na fase final do livro. Para Carolina Zuppo Abed, pela revisão gramatical. A Cristine Takuá, por caminhar junto rumo ao bem-viver. Para Júlia Milward, Luis Alberto Franco, Aline Motta, Tiago Mestre, Gabrielle Picholari e Tania Ralston, pela leitura crítica. Para as mulheres que fui agraciada em poder conviver dentro de casa, durante a infância, Filomena, Bia Motta e Lazinha, que deram origem às personagens Filó e Mila. Aos amigos da Aldeia Guarani do Rio Silveira em Boraceia, em especial Cristine Takuá, Carlos Papá, Kauê Karai Ruvixa e Bruno Djeguaka. Aos amigos da Aldeia Alves de Barros, no Pantanal, em especial Adriele Vergílio e Creuza Vergílio. Ao Instituto Acaia Pantanal e à Fazenda Santa Tereza. Às minhas parceiras no Coletivo Ágata: Camis Martins, Juliana Biscalquin, Juliana Brito e Juliana Farinha. Às minhas amigas-caipiras e nossa cumplicidade atemporal, em especial Juliana Fazoli Prata, Karina Corsi, Crislaine Pereira Mourão e Bruna Bergo Nader. Às amigas campineiras, em especial Karina Miranda e Thaís Vilarinho. Aos parceiros do surf, em especial Marina Mancuso. A Max, meu afilhado-caiçara. A Thaís Vilarinho, Simone Fontana Reis, Juliana Borges Galbetti, Mayra Calvette, Mayara Boaretto e outros escritores/artistas que tive a honra de acompanhar o processo criativo. A Lilian Fraiji, Daniela Gonçalves e Geruza Zelnys, pelos aprendizados. A Mel Mariz, Maria Eugênia Sarno Mariz, Gabriela Martini Borges, Fernanda Chuquer, Luciana Annunziata, Mariana Tantillo, Silvia Monastérios, Maria Quiroga e outros tantos amigos e amigas. A tod@s que participam dos grupos "corpo natural", "corpo selvagem", "corpo de terra" e "tomar corpo". Para Lourdina Jean Rabieh, minha parceira no projeto Kaaysá. A todos os artistas e escritores que já participaram de nossos programas de residência. Ao projeto Lab Verde. Aos meus professores da pré-escola, ensino médio, fundamental e colegial, em especial Ruth Zenebra, que me ensinou a escrever e participou do processo deste livro. Aos meus professores e colegas da faculdade de Economia da USP. Às experiências na Austrália, Moçambique, Buenos Aires, Uruguai, Chile, Nepal, Índia, Lisboa, Suíça, Espanha e Canadá, que me permitiram olhar para o Brasil de fora. Aos homens com quem convivi e me emprestaram carne e história para construir Paco, camisas brancas e outras ressonâncias masculinas. Às minhas alunas de yoga e meditação, em especial as que fazem parte do grupo "panapanã". À criança que me chama em sonhos e à natureza singular que nos faz humanos.

Copyright © 2019 Lucila Losito Mantovani

Todos os direitos reservados a Pólen Livros e protegidos pela Lei nº 9.610, de 19.2.1998. É proibida a reprodução total ou parcial sem a expressa anuência da editora.

Este livro foi revisado segundo o Novo Acordo Ortográfico da Língua Portuguesa de 1990, que entrou em vigor no Brasil em 2009.

DIREÇÃO EDITORIAL Lizandra Magon de Almeida
COORDENAÇÃO EDITORIAL Luana Balthazar
PREPARAÇÃO DE ORIGINAIS Sheyla Smanioto
REVISÃO Clarissa Matos, equipe Pólen Livros
PROJETO GRÁFICO Bloco Gráfico

Dados Internacionais de Catalogação na Publicação (CIP)
Angélica Ilacqua CRB-8/7057

Mantovani, Lucila Losito
Com o corpo inteiro: Lucila Losito Mantovani
São Paulo: Pólen, 2019
168 p.

ISBN 978-65-5094-002-7

1. Ficção brasileira 2. Biografia I. Título

CDD B869.3

Índices para catálogo sistemático:
1. Ficção brasileira

Pólen

www.polenlivros.com.br
www.facebook.com/polenlivros
@polenlivros
(11) 3675-6077

FONTE Maiola
PAPEL Pólen Soft 80 g/m²
IMPRESSÃO Pigma Fast Gráfica e Editora